가족
입니다

가족입니다

초판 1쇄 발행 | 2021년 5월 15일
　　　2쇄 발행 | 2022년 6월 29일
지은이 | 김해원 김혜연 김혜진 임어진
펴낸이 | 최윤정
만든이 | 유수진 김지윤
펴낸곳 | 바람의아이들
디자인 | 이아진
등록 | 2003년 7월 11일 (제312-2003-38호)
주소 | 03035 서울특별시 종로구 필운대로116 신우빌딩 501호
전화 | (02) 3142-0495　팩스 | (02) 3142-0494
이메일 | barambooks@daum.net
제조국 | 한국
구독연령 | 11세 이상

www.barambooks.net

ISBN 979-11-6210-106-3 44800
ISBN 978-89-90878-04-5 (세트)

가족입니다

김해원

김혜연

김혜진

임어진

바람의아이들

차례

〈한국항공 창사 30주년 기념 가족 사랑 여행기 공모〉

〈한국항공 창사 30주년 기념 가족 사랑 여행기 당선작 발표〉

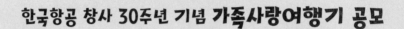

한국항공 창사 30주년 기념 가족사랑여행기 공모

한국항공이 올해 창사 30주년을 맞았습니다. 고객들의 믿음과 꾸준한

사랑이 있었기에 저희 한국항공이 뿌리를 내리고 튼튼하게 자랄 수 있었습니다.

진심으로 감사드리며 이에 보답하고자 특별한 고객 참여 이벤트를 준비했습니다.

가족과 함께한 소중한 여행의 추억이 담긴 이야기를 들려주세요.

우수작을 선정해 또 한 번의 추억을 쌓을 수 있는 푸짐한 상품을 드리겠습니다.

응모 자격

대한민국 국민 누구나

청소년부: 만 18세 이하의 모든 청소년

일반부: 만 18세 이상의 모든 성인

분량

글: A4 3장에서 5장

(사진은 5장 내외) 또는

영상: 5분 이내

시상 내역

대상 : 1편. 유럽 항공권(비즈니스석) 4매 + 숙박권 5매(한국항공 제휴 호텔)

최우수상 : 청소년부, 일반부 각 1편. 유럽 왕복 항공권 4매

우수상 : 청소년부, 일반부 각 2편. 동남아 왕복 항공권 4매

장려상 : 청소년부, 일반부 각 5편. 제주 왕복 항공권 4매

*참가자 전원에겐 한국항공에서 마련한 스페셜굿즈

(승무원 피규어 3종 랜덤)를 증정합니다.

*당선작은 한국항공 홈페이지와 기내지에 실리게 됩니다.

응모 기간

9월 1일~10월 30일

발표

12월 31일

심사기준

- 여행을 통해 가족 간의 사랑을 확인하고 북돋는 내용.
- 여행지의 아름다움이 잘 표현되어 가 보고 싶은 마음이 들게 하는 콘텐츠.

빗방울 _김해원

긴 여행과 같은 삶은 때때로 낯설고 서틀해서
쭈뼛거리게 된다. 그럴 때면 내가 떠나온 곳을
생각한다. 그곳에 함께 있던 사람들, 나처럼
불완전했던 이들, 그들도 나처럼 지치고 넘어지면서도
멈출 수 없었을 것이다. 그리고 그들도 나처럼 쓸쓸한
날이면 함께했던 따뜻한 순간을 떠올릴 것이다.
나는 그들을 가족이라고 부른다.

−작가 메모

식당에 비가 샜다. 50년 넘게 비바람에 쓸리고 눈에 치인 기와가 지금껏 버틴 것도 용했다.

식당 홀에는 들통이고 양동이고 빗물을 받아 낼 만한 그릇들이 모조리 출동했다. 빗방울의 낙하는 불규칙했다. 대략 2km 상공에서 떨어지는 빗방울의 무게는 약 0.1g, 에너지를 계산하면 1.96J밖에 되지 않는다. 이마저도 공기저항 때문에 생기는 마찰열로 계속 쪼개져서 빗방울이 사람에게 미치는 영향은 처음부터 끝까지 미약하다. 하지만 이 무력한 빗방울이 갈라지고 깨진 기와지붕에 스며들었다가 떨어지면 얘기가 달라진다.

아침 내내 우리는 빗물과 한바탕 전쟁을 치렀다. 엄마를 필두로 나와 현성아는 할머니의 신두시휘 아래 일사불란하게 움직였다. 엄마는 물이 흥건한 주방 바닥을 마른걸레로 훔치고, 나와 현정아는 주방과 냉장고에 있는 식자재를 컨테이너에 있는 냉장고로 옮겼다. 식당 부엌문과 이어진 컨테이너는 창고이자 내 방이다. 내 책상에는 멸치하고 마른 새우 박스가 켜켜이 쌓이고, 내셔널지오그래픽 잡지만 모아 놓은 책꽂이 위에는 감자 상자가 떡하니 올라앉아 있었다. 내가 감사 상사를 방바닥에 내렸다가 마땅하지 않아 다시 책꽂이에 올렸다가 하는 동안 현정아는 침대 위에 신문지를 깔고 무말랭이를 촘촘하게 펼쳐 놓았다.

괜히 수선을 떨면서 홀하고 부엌을 오갔지만 딱히 한 일이 없는 현병철 씨는 할머니가 말리는데도 굳이 지붕에 올라가겠다고 나섰다. 엄마는 애들 머리통만 한 양파 한 자루를 낑낑대면서 옮기는 나한테 밖에 따라 나가 보라고 사뭇 눈치를 줬다. 나는 양파 자루를 내 방에 들여놓고는 현병철 씨가 지붕 처마에 기대 놓은 사다리를 붙잡았다.

밤새 퍼부은 장맛비는 가랑비로 바뀌었어도 빗발에 금방 어깨가 축축해졌다. 어느새 우비까지 갖춰 입은 현병철 씨는 가을에 고추 말릴 때 쓰는 까만 비닐 천막을 끌고 호기롭게 사다리를 올라갔지만, 그뿐이었다. 현병철 씨는 지붕 위로 선뜻 올라서지 못하고 두리번대다가 소리쳤다.

"어머니! 아무래도 사람 불러야겠어요."

할머니는 밖으로 나와 사다리 꼭대기에 엉거주춤 서 있는 사위를 보고는 혀를 찼다.

"벨나라, 벨나. 내가 뭐라 해. 아무나 하는 게 아니라니까. 미끄러져, 천천히 내려와."

할머니는 사위가 발을 땅에 붙일 때까지 지켜보고 서 있었다. 할머니의 사위는 무모한데 겁은 많아서 사다리를 오를 때보다 더 오래 걸려 내려왔다. 현병철 씨의 변명은 궁색했다.

"어머니, 기와가 깨진 데가 많아서 다 뒤집어씌우기 전에는 안 되겠어요."

현병철 씨는 끌고 올라갔던 비닐 천막으로는 어림없다면서 고개를 내저었다. 할머니는 사위 말을 건성으로 듣고는 목에 걸려 있는 휴대폰을 들어 어디엔가 전화를 했다.

"박 씨, 우리 집 좀 와야겠어. 지붕이 다 됐는데, 이거 바로 공사할 수 있나 와서 봐야겠어."

할머니는 식당 출입문에 '당분간 내부 공사 때문에 식당 문 안 열어요'라고 쓴 종이를 붙였다. 우리 엄마의 할머니, 그러니까 나한테는 증조할머니 되시는 구복남 여사가 복남시래기 식당을 개업한 이래로 일 년 365일 하루도 쉬지 않고 식당 문을 연 우리 할머니 정연숙 여사의 휴업 선언은 결단코 예상하지 못한 획기적인 사건이었다. 엄마는 할머니의 결단을 의심해서 부지런히 몸을 움직이며 홀을 정리했다. 할머니가 변심해서 내일이라도 당장 손님을 받겠다고 하면 낭패일 테니까.

할머니는 엄마를 힐긋 보고는 계산대 의자에 앉아 심드렁하게 말했다.

"대충 치워라. 이참에 아예 내부 칠도 새로 하고, 바닥도 시멘트 다시 하고, 부엌도 싹 뜯어고치려니까. 오래 써먹기도 했지."

"당장 공사를 하려고?"

"장마도 끝났다니까 낼부터 시작해야지. 박 씨한테 말해 뒀으니까, 우린 어디라도 다녀오자. 엎어진 김에 쉬어 간다고."

"어딜? 찜질방이라도 갈까?"

엄마는 홀 냉장고 안을 행주로 훔치면서 중얼거렸다. 김포에 찜질방 새로 생긴 데가 좋다던데……. 일요일 밤마다 현병철 씨를 앞세워 찜질방에 가는 엄마는 할머니가 어디라도 가자는 말에 새로 생긴 찜질방에 널브러져 차가운 식혜에 구운 달걀이나 깨 먹자고 할 판이었다.

나는 양동이에 가득 찬 물을 가게 밖에 쏟아 버리면서 마음먹었다. 이들이 어딜 가든지 나는 집에 꼭 붙어 있을 것이다. 아무도 없는 집만큼 좋은 데는 세상 어디에도 없다. 선생님들이 애들만 없으면 학교가 정말 좋다고 하는 것처럼. 그래, 모두 어딜 가면 나는 민성이하고 안채에서 실컷 기타나 치다가 영화나 봐야지. 엄마와 현병철 씨가 결혼하면서 식당 맞은편에 새로 지은 안채에는 바람이 없는 신형 에어컨에 60인치 텔레비전이 구비되어 있다. 그리고 내가 한 번도 쓰지 않은 내 방이 있다. 민성이하고 그 방에서 자는 건 괜찮지 않을까? 호텔 방 얻어서 호캉스라는 거 한다고 생각하면 되잖아. 나는 빈 양동이를 흔들면서 안채에서 화려한 여름휴가를 함께 보낼 민성이한테 문자를 보냈다.

우리 집 빈다. 와라.

그런데 할머니가 말한 '어디라도'가 제주도라면…….
할머니는 기껏해야 찜질방에나 가 있을 요량이었던 딸을 보고 대수롭지 않게 말했다.
"우리도 거기, 제주도에 한번 다녀오자."
엄마와 나는 동시에 고개를 번쩍 들어 할머니를 바라봤다. 과연 저분의 말씀을 우리가 제대로 들은 것인가? 설마, 아닐 것이다. 엄마와 나는 자기 귀를 의심하며 고개를 내저었다. 저분이 어떤 분이신가. 딸이 서울에서 결혼한 날(나도 그 자리에 있었지만, 엄마 배 속이라서 기억할 수 있는 게 없다), 어쩔 수 없이 강화도 밖으로 나간 뒤로는 지금껏 강화도에서 한 발짝도 벗어나지 않으신 분이다.

남들은 주말이고 휴가 때고 강화도가 좋다고 몰려오는데, 강화도 사람이 다른 곳으로 놀러 간다는 건 어불성설이라고. 강화도 홍보 대사나 할 법한 말을 입에 달고 산 분이다. 올봄에 갯마을장어식당 할머니가 자식들하고 제주도에 간다고 자랑하러 왔을 때, 할머니는 콧방귀를 뀌었다.

"큰 섬이라고 더 낫겠어? 섬이 다 거기서 거기지. 남의 섬에 간다고 비행기를 타? 그럴 돈이 있으면 아파서 질질 끌고 다니는 무릎 수술이나 하지. 벨나라, 벨라."

강화도 시골 학교에서도 한 반에 절반 이상이 비행기 타 본 경험이 있는 해외여행 2천만 명 시대에, 시대착오적인 소신을 지켜 온 할머니가 비행기를 타고 남의 섬에 가련다 선언한 것은 우리나라 대통령하고 북한 국무위원장이 판문점에서 손잡고 군사분계선을 넘어갔다 온 것만큼 놀라운 사건이다.

엄마는 새로 생긴 찜질방을 미련 없이 포기하고 행여 할머니가 변심할까 봐 부리나케 여행사 다니는 친구한테 비행기 표를 알아봤다. 나는 슬그머니 민성이한테 문자를 보냈다.

나 제주도 간다

민성이는 우리 집이 비긴 하는데, 친구도 없다는, 친구의 광속 배신에 묻고 따질 것도 없이 짧게 답했다.

따뺀딴

민성이가 유일하게 아는 중국말은 욕이다. 나는 욕에 걸맞게 김포공항에 도착하자마자 공항 대합실 풍경을 찍어 보내 줬다. 공항 대합실은 짧은 옷에 캐리어를 하나씩 달고 있는 사람들로 북적였다.

현병철 씨는 휴가철이라서 제주도행 비행기 표를 구하는 건 달 여행 가는 우주선 표를 사는 것보다 힘들 거라고 했지만, 엄마는 보란 듯이 당장 밤에 출발하는 표를 구했다. 예약했다가 취소한 표라서 다섯 자리를 한꺼번에 살 수는 없었다. 나, 할머니, 현정아가 같은 비행기를 타고, 엄마는 현병철 씨와 우리 비행기보다 10분 늦게 출발하는 비행기를 타야 했다.

두 번이나 제주도에 가 봤다는 현정아는 비행기를 처음 타는 나하고 다르게 여유만만했다. 셀카봉까지 챙긴 현정아는 공항 대합실에서 기다리는 동안 동영상을 찍는다고 호들갑을 떨었다.

"우리 가족 첫 여행이니까, 기념으로 남겨야 하잖아요. 할머니, 첫 여행 소감 한마디 해 주세요. 이 역사적인 순간, 할머니 기분은 어떠세요?"

"좋지. 자식늘하고 가니까 좋지."

무뚝뚝한 할머니도 현정아 애교에는 끔벅 넘어갔다. 할머니는 현정아가 우리 집에 온 날 거리낌 없이 식당으로 들어와 도와드릴 거 없냐고 물을 때부터 이미 홀딱 반해 버렸다. 할머니는 현정아가 조잘거릴 적마다 예쁘다면서 말했다. 그러게 엄마한테는 살가운 딸이 있어야 한다니까. 복덩이가 들어왔어.

글쎄, 엄마한테는 딸이 있어야 하는지 몰라도 나한테 여동생이 필요한 건 아니었다. 게다가 너무 영악한 여동생은 사양하고 싶다.

현정아는 비행기 자리에 앉자마자 할머니 귀에 스펀지로 된 귀마개를 끼우면서 말했다.

"할머니, 이걸 끼고 있으면 비행기가 하늘로 올라갈 때 귀가 안 아파요. 기압 때문에 귀가 찢어지는 것처럼 아프거든요. 이게 기압 감소 귀마개예요."

나는 할머니 귓속에 박힌 주황색 귀마개를 곁눈질하고는 중얼거렸다.

"이걸 낀다고 귀가 안 아프면 항공사에서 다 줬겠지."

"맞아, 승객들한테 다 주면 좋잖아."

현정아는 내가 빈정댄 걸 뻔히 알면서도 태연하게 장단을 맞췄다. 만만한 상대가 아니다. 나의 강적은 비행기가 제주공항에 착륙할 때까지 제주도 가이드북을 들여다봤다. 느닷없이 여행 가방을 싸느라 정신없었을 텐데, 도대체 언제 귀마개에 책까지 챙겨 왔는지 알 수 없었다. 할머니는 굴러들어 온 똘똘한 복덩이를 흐뭇하게 보다가 말했다.

"정아야, 지도 있으면 표선이란 데가 어딘지 찾아봐라. 공항에서 한참 가야 하나."

"표선이요? 왜요? 할머니, 거기 가 보고 싶으세요?"

"그냥 거기 누가 좀 살아서."

"누구요?"

할머니는 대답하지 않고 아무것도 보이지 않는 까만 하늘을 내다봤다.

그 순간 눈치챘어야 했다. 할머니의 휴업 선언이, 우리의 제주도 여행이 우연히 이뤄진 게 아니라는 것을.

우리 다섯이 제주공항에 모두 모였을 때는 한밤중이었다. 공항 대합실 밖으로 나오자 뜨뜻한 바람이 온몸을 휘감았다. 비행기 멀미를 한 나는 후끈한 바람에 속이 울렁거렸다. 공항 유리문에 비친 내 모습은 밀가루를 뒤집어쓴 꼬챙이 같았다. 현정아는 공항에서 나오면서부터 또다시 셀카봉을 꺼내 동영상을 찍다가 나한테까지 카메라를 들이댔다.

"오빠, 제주도는 처음이라고 했지? 느낌이 어때?"

나는 대답 대신 얼굴을 찌푸리면서 입속으로 중얼거렸다. 비켜.

마음 같아서는 당장 내 앞에서 그 휴대폰을 치우지 않으면 셀카봉을 부러트려 버리겠다고 으름장을 놓고 싶었다.

내 속을 훤히 꿰뚫는 엄마는 나한테 눈을 하얗게 흘기고는 현정아 휴대폰 앞으로 머리를 들이밀면서 말했다.

"덥지만, 아주 좋네요! 일한 자 떠나라! 우리, 제주 아일랜드 여행을 시작해 봅시다!"

엄마는 현정아 팔짱을 끼고는 앞서 걸어갔다. 그 뒤를 배낭을 짊어진 현병철 씨가 큰 캐리어까지 끌고 따라갔다. 나는 할머니 가방을 들고 할머니 걸음에 보조를 맞춰 천천히 걸었다. 할머니는 앞서가는 셋을 보면서 중얼거렸다.

"세월을 같이 보내야 부모고 자식인 거지."

나는 찰싹 붙어서 걷는 엄마와 현정아를 흘낏 봤다. 한집에 산 지 반년도 안 된 둘 사이에 내가 끼어들 틈이 없었다. 둘과 달리 나는 현병철 씨가 여전히 서먹했다. 현병철 씨가 엄마 초등학교 동창일 뿐이고, 우리 중학교 선배에 지나지 않을 때는 우리 집에 놀러 오는 게 좋았다. 대학교 때 밴드를 했다는 아저씨하고 음악 얘기를 하는 걸 기다린 적도 있었다. 간혹 아저씨가 오토바이를 태워 주기도 했다. 그런데 우리 둘은 한집에 산 뒤로는 한 번도 음악 얘기를 하지 않았고, 나는 식당 뒷마당 시래기 말리는 창고 앞에 버

티고 있는 오토바이에 눈길조차 주지 않았다. 우리 둘은 가족이 된 뒤로 멀어졌다. 다행인 건 현병철 씨가 억지로 나하고 친해지려 하지 않는다는 것이다.

엄마가 자동차 렌트 사무실에 들어가 차를 빌리는 동안 현병철 씨와 나는 화장실에서 나란히 선 채 오줌을 눴다. 어색해서 오줌이 시원하게 나오지 않았다. 현병철 씨는 벽을 보면서 아무렇지 않게 말했다.

"우진아, 내가 운전할 건데 조수석에 타라. 제주도 밤길 달리는 맛이 그만이거든."

"아……."

나는 늘 그렇듯이 대답도 감탄사도 아닌 말을 내뱉었지만, 현병철 씨는 개의치 않았다. 현병철 씨는 빌린 차에 가방을 실은 뒤 조수석 문을 열면서 나를 불렀다.

"우진아, 앞에 타!"

"아빠, 내가 앞에 타면 안 돼? 동영상 찍게."

현정아는 셀카봉을 잠시도 손에서 내려놓지 않았다. 마치 라이브 중계라도 하듯 내내 동영상을 찍었다.

"현정아! 그것 좀 그만 찍어. 그리고 뒷자리는 셋이 앉기 좁으니까 날씬한 네가 앉는 게 낫지 않겠어?"

"헐! 우진 오빠가 나보다 더 말랐어."

"우신인 다리가 길잖아."

"헐! 그거 외모 비하야."

"너보고 짧다고 하지 않았는데? 자격지심이야."

둘이 토닥대는 동안 할머니하고 엄마는 뒷자리에 탔고, 나는 뒷문과 앞문 중간에 엉거주춤 서 있었다. 사실 현병철 씨 옆에 앉는 건 거북했지만, 앞에 앉아 제주도의 밤 풍경을 보고 싶었다. 현정아는 나를 뒤돌아봤다. 현정아의 눈빛이 날카로웠다. 앞에 타려고? 나는 현정아 마음의 소리를 읽고 고개를 돌려 제주도의 밤하늘을 올려다봤다. 응, 그러고 싶어. 현정아도 내 마음의 소리를 읽은 게 분명했다. 현정아는 셀카봉을 접고는 뒤에 올라탔다.

그것은 전쟁의 서막이었다. 현정아는 나한테 앞자리를 뺏긴 뒤 사사건건 딴지를 걸었다. 해안 도로를 달려 서귀포로 가는 동안 내가 창문을 열면 춥다고 하더니 에어컨을 끄니까 덥다고 투덜댔다. 나는 처음으로 현정아가 신경 쓰였다.

양쪽으로 삼나무가 빽빽한 짙은 길 끝에 반짝이는 별을 보면서도 내 뒤통수를 노려보고 있을지 모르는 현정아를 의식했다.

"어머! 나 별똥별 봤어. 소원을 빌어야 했는데, 놓쳤네."

"여기처럼 공기 좋은 데서는 한 시간에 여섯 개에서 열 개 정도의 별똥별을 볼 수 있어. 별똥별 본다고 운이 좋은 거면……."

엄마 호들갑에 나는 평소처럼 별생각 없이 입을 뗐다가 현정아가 걸려서 얼버무리고 말았다. 고작 열두 살짜리하고 팽팽한 신경전을 벌이는 게 한심했지만, 경계를 늦출 수 없었다. 그런데 웬일인지 현정아는 입도 뻥긋하지 않았다.

침묵은 길었다. 차가 삼나무 숲을 나와 하늘 끝에 닿을 것처럼 쭉 뻗은 도로를 달리면서 긴장이 풀렸다. 까만 하늘에는 별이 총총했고, 오른쪽으로 펼쳐진 검은 바다 끄트머리에는 오징어잡이 배 불빛이 가물거렸다. 현정아가 느닷없이 소리쳤다.

"와! 나도! 나도 봤어요. 별똥별! 대박! 정말 멋지다. 오빠, 별똥별 봤어?"

"응?"

"별똥별 못 봤어?"

"아니."

"대박, 별똥별이 십 분에 하나는 떨어진다며? 근데 그걸 못 봤다면 정말 운 없는 사람 아냐? 그것도 앞에 앉아서."

방심하지 말아야 했다. 예상하지 못한 반격이라서 입도 못 떼고 당하고 말았다. 엄마가 깔깔 웃었다.

"현정아 승!"

엄마와 현정아의 공조였다. 백미러로 둘이 악수하는 걸 보고는 내 나이가 열여섯이다, 몇 달 안 있으면 고등학교에 가는 내가 설마 초등학교 5학년을 상대하겠느냐, 내 진심을 간단명료하게 표현

할 말을 고르는데 할머니 말이 앞섰다.

"철아, 어디 약국 문 연 데 있나 봐라."

현정아와 나의 물밑 암투에도 순항 중이던 우리 제주도 여행은 할머니의 힘없는 목소리로 멈춰야 했다. 가슴이 답답하고 어지럽다는 할머니 말에 현병철 씨는 약국이 아니라 병원 응급실로 내달렸다.

"엄마 체한 거 아냐? 그러게. 공항에서 저녁 먹을 때 밥을 시키라니까, 왜 짜장면을 먹어. 밀가루 먹으면 꼭 탈 나면서. 손 차가운 것 좀 봐. 언제부터 이런 거야? 진작 말을 하지. 또 참았지? 내가 뭐래, 노인네들은 아프면 참지 말고 그때그때 말해야 자식들 고생 안 시키는 거야. 아까 말했으면 시내에서 약국 찾기 쉬웠을 거 아냐."

엄마는 할머니 손을 주무르며 속사포 랩을 하는 것처럼 말을 퍼부었다. 다른 때 같았으면 할머니는 누구 닮아 저렇게 성질머리가 빨라냐고 머리를 흔들었을 테고, 엄마는 딸이 누구 닮았겠냐고 응수했을 것이다. 하지만 잠잠했다. 할머니는 등받이에 머리를 기대고 눈을 감은 채 묵묵히 엄마의 잔소리를 참아냈다.

"어머니, 여기서 이십 분쯤 가면 대학 병원 응급실이 있어요. 약국 찾는 것보다 빨라요. 우진아, 내비게이션으로 제주 대학 병원 찍어 봐."

24

현병철 씨 목소리가 다른 때와 달리 차분했다. 내가 주소를 찍고, 안내 시작을 누르자 작게 말했다. 잘했어. 내비게이션으로 주소를 찾는 것은 한글이 모음과 자음이 합해서 만들어진 글자라는 것을 알기만 하면 아무라도 할 수 있는 일이다. 그런데 이상하게 현병철 씨의 '잘했어'라는 말에 가슴이 뻐근했다. 내가 네 살 때 엄마와 헤어진 아빠도 이런 말을 했을까. 내가 처음 기기 시작했을 때, 내가 처음 일어섰을 때, 내가 처음 발을 뗐을 때 이렇게 말했을까. 잘했어.

응급실은 마치 대낮의 바닷가 식당처럼 북적였다. 피가 밴 수건으로 제 머리를 감싼 채 응급실로 멀쩡히 걸어 들어온 남자와 함께 온 패거리들은 우르르 이쪽저쪽으로 몰려다녔다. 다리 한쪽을 딛지 못하고 깨금발을 떼는 여자를 부축한 남자는 얼굴이 하얗게 질려 있었다. 구급 대원이 밀고 들어온 침상에 누워 있는 남자는 입고 있는 흰 티셔츠가 찢긴 데다 맨발이었다. 대기실에 있는 사람들은 모두 호기심 가득한 눈으로 주황색 유니폼을 입은 구급 대원과 겉으로는 멀쩡해 보이는 환자를 번갈아 봤다.
가장 많은 환자는 아기들이었다. 응급실 앞 대기실 의자에는 칭얼대는 아기를 안고 있는 부부가 여섯 쌍이나 되었다. 내 앞에 앉아 있는 남자는 휴대폰으로 축구 게임을 하다가 서너 살쯤 되는 여자아이를 안고 있는 여사한테 시청구를 들었다.

어머니가 곧 돌아가실 것 같다고 여기저기 전화를 하는 중년 아저씨하고 같이 온 무리 중 한 사람은 틈틈이 휴대폰으로 자기 얼굴을 찍어 SNS에 올렸다

사람의 생사가 오가는 응급실이 시외버스 대합실처럼 소란할 줄은 몰랐다. 나는 현병철 씨 부녀와 나란히 앉아 엄마가 할머니를 모시고 들어간 응급실 자동문을 뚫어지게 보면서 문이 열릴 적마다 목을 길게 뺐다. 현병철 씨는 엉덩이를 들썩이다가 급기야 참지 못하고 응급실 문 앞으로 가서 서성였다. 한참 만에 엄마는 아무렇지 않은 얼굴로 응급실에서 나왔다. 엄마는 할머니 손가방을 현병철 씨한테 건네면서 얼굴을 찌푸렸다.

"노인네 정말 못 말려. 이 와중에도 우리 돈 쓰지 말고, 당신 돈으로 병원비 내라고 가방을 주신다. 지금 수액 맞고 계셔. 엄마가 복통도 있고 어지럽다고 해서 씨티 촬영하라고 하네. 아무래도 시간이 꽤 걸릴 것 같은데 어쩌지?"

"뭘 어째. 우린 여기서 기다릴 테니까 들어가 있어. 우리 신경 쓰지 말고. 애들은 차 안에서 좀 자게 하든지 할 테니까."

현병철 씨가 침착하게 말했다. 엄마 막냇동생 같은 평소 모습과 달랐다. 엄마가 다시 응급실로 들어간 뒤 현정아가 제 아빠한테 작게 말했다.

"아빠, 나 머리가 아파. 차에 가 있으면 안 돼?"

"그래, 그럼 오빠하고 차에 가 있어. 우진아, 정아하고 같이 좀 있어 줘라. 너도 좀 자고."

현병철 씨는 자동차 키를 내밀었다. 나는 머뭇거리다 자동차 키를 받았다. 응급실에 있는 동안 나하고 눈도 마주치지 않는 현정아와 단둘이 있는 것은 응급실 침상 위에 누워서 주사를 맞는 것보다 끔찍했다. 현정아는 내가 키를 받자마자 자리에서 벌떡 일어나 문 쪽으로 걸어갔다. 나는 주춤주춤 일어나 현정아 뒤를 따라갔다.

현정아는 자동차 뒷자리에 타자마자 이어폰을 꺼내 귀에 꽂고 팔짱을 낀 채 눈을 감았다. 그건 무언의 경고다. 절대로 말 걸지 마. 당연하지. 설마 내가 말을 걸까 봐?

나는 앞에 탄 뒤 의자를 뒤로 조금 눕히고는 휴대폰을 꺼내 이어폰을 꽂고 게임을 하려다 그만뒀다. 자식이 아픈데, 게임을 하고 싶니? 아까 응급실에서 눈치 없이 축구 게임을 하던 남편한테 부인이 쏘아붙인 말이 들리는 것 같았다.

현정아 이어폰에서 희미하게 팝송이 흘러나왔다. 내가 집에 없어도 현정아하고 한참 놀다 가는 민성이가 한 말이 생각났다. 초딩이 아이돌은 안 좋아하고, 팝만 들어. 현정아가 가장 좋아하는 가수는 시아라고 했다.

나는 휴대폰으로 시아를 검색하면서 백미러로 현정아를 힐끔 봤다. 현정아 머리가 창 쪽으로 기울어져 있었다. 잠든 것 같았다.

나는 시아의 노래를 찾아 플레이를 눌렀다. 그래요, 북극으로 가요, 그리고 행복하게 살아요, 나의 눈사람. '스노우맨'이라는 노래를 부르는 여자의 목소리는 딱 내 취향이었다. 나는 고개를 돌려 슬쩍 뒤를 돌아왔다. 현정아의 잠든 모습을 보는 건 처음인 것 같았다. 나는 볼륨을 좀 더 올렸다. 제주도의 밤하늘을 올려다보면서 눈사람 노래를 듣고 있는 게 꿈처럼 느껴졌다. 우리는 진짜 제주도에 오긴 한 건가, 꿈을 꾸는 건 아닌가. 어쩌면 나는 내 방 컨테이너 안에서 민성이하고 기타를 치며 낄낄대다가 잠이 들어 꿈을 꾸는 건지도 몰라. 노래가 끝나자 현정아가 얕게 코 고는 소리가 들렸다.

어린애도 코를 고는구나…… 싶었는데, 내 코에서 드르릉 소리가 났다. 깜짝 놀라 눈을 떠 보니 눈앞에 파란 바다가 있었다. 강화도에서 보는 바다와는 달랐다. 제주도 바다는 민성이 누나가 키우는 러시안블루의 눈동자 빛깔과 같았다. 바닷물에 물든 파란 하늘 끝에 해가 걸려 있었다. 꿈이 아니다.

"깼어? 바다가 기가 막히지. 새벽 바람이 시원하네. 할머니는 괜찮으셔."

현병철 씨가 내 쪽 유리창을 내리면서 말했다. 나는 얼른 뒤를 돌아봤다. 현정아는 할머니 무릎을 벤 채 자고 있었다. 할머니와 엄마는 차가 흔들릴 적마다 머리를 좌우로 히뜩거리면서 졸았다.

"명주하고 어머니하고 자는 모습이 똑같지 않니? 명주는 나이 들면서 어머니하고 점점 똑같아지는 것 같아."

현병철 씨 말에 나는 백미러로 엄마와 할머니를 봤다. 사실 얼굴만 닮아 가는 게 아니라 목소리도, 말투도 닮아 간다. 나도 나이가 들면 한 번도 만나지 못한 아빠를 닮을까. 산들산들한 바람이 얼굴을 스쳤다.

"이제 본격적으로 제주도 여행 시작인데, 오늘 어디로 갈까?"

현병철 씨가 나를 슬쩍 보면서 물었다. 내가 대답하기 전에 뒷자리에서 걸걸한 엄마 목소리가 튀어나왔다.

"식당! 배고파 돌아가시겠어."

제주도 둘째 날 첫 행선지는 성산 일출봉이 보이는 생선구이 식당이었다. 할머니는 새벽까지 수액을 맞아서 뭘 안 먹어도 된다고 했지만, 전복죽 한 그릇을 깨끗하게 비웠다. 현정아는 아침부터 셀카봉을 꺼내 바다 풍경이며, 밥 먹는 모습까지 찍었다. 나한테도 휴대폰을 들이대면서 말했다.

"우진 오빠, 병원 주차장에서 제주도의 첫날을 보낸 기분이 어때?"

나는 미역국을 떠먹다가 현정아를 물끄러미 바라봤다. 현정아는 아침에 새로 부딩된 것 같았다. 어젯밤에 나를 쏘아보던 눈빛이 아니다.

"넌?"

"와, 우진 오빠가 나한테 질문을 다 하네. 제주도에 놀러 온 사람 중에 야자수 나무가 있는 제주도 병원을 본 사람은 드물걸. 그리고 차 안에서 밤새 별이 쏟아질 것 같은 밤하늘을 올려다보는 건 정말 낭만적이었어. 그리고 다행히 할머니도 다 나으셨잖아."

현정아는 할머니를 보면서 또 생글거렸다. 차에 타자마자 코를 골면서 잔 게 누구였더라? '낭만적'은 꿈속에서 만난 적인가? 나는 코웃음을 치고는 미역국을 부지런히 입에 떠 넣었다.

"우리 오늘 여행 코스는 아침밥을 먹고, 저기 보이는 성산 일출봉에 올라갔다가 표선에 있는 민속촌에 가는 겁니다."

현정아는 수첩을 꺼내 브리핑하듯이 말했다.

사위가 자동판매기에서 뽑아 온 커피를 마시던 할머니가 고개를 들어 현정아를 바라봤다. 나는 현정아가 할머니를 보고 생긋 웃는 걸 놓치지 않았다. 오늘 여행 코스는 현정아가 비행기 안에서 표선이 어딘지 물어본 할머니를 위해 준비한 게 분명했다. 영악한 것.

할머니와 현정아의 꿍꿍이를 알지 못하는 엄마는 마뜩잖은 얼굴이었다.

"표선 민속촌? 나는 민속촌 같은 데는 정말 싫은데. 정아야, 우리 사려니 숲에 가는 건 어때?"

"민속촌 가는 게 방학 숙제예요."

"설마……."

현정아는 내 말에 살짝 눈을 흘기고는 꿋꿋하게 말했다.

"표선 민속촌 앞바다도 정말 좋대요. 민속촌 갔다가 거기서 놀면 좋을 것 같아요."

"숙제라면 가야지. 그런데 사려니 숲은 민속촌에서 먼가? 민속촌에 갔다가 사려니 숲에 가면 안 되나? 현병철, 어때?"

아마 내가 민속촌에 가자고 고집을 부렸으면 엄마는 서슴없이 초등학교 방학 숙제는 안 해도 된다고 말했을 것이다. 엄마는 운전사 현병철 씨가 사려니 숲이나 오름에 가자는 의견에 동의하길 바라면서 휴대폰을 들여다보던 현병철 씨를 팔꿈치로 툭 쳤다.

"명주야, 먼저 가까운 데로 가서 숙소를 잡자. 종달리 마을 쪽에 괜찮은 민박이 하나 있네. 어머니는 좀 쉬셔야 할 거야. 그리고 오늘은 숙소 주변이나 돌아보고 오후에 종달리에서 가까운 오름이나 슬슬 다녀오지 뭐. 사려니 숲은 꽤 걸어야 해."

엄마는 할머니가 쉬셔야 한다는 말에 입을 꾹 다물었다. 할머니가 도리어 정색했다.

"쉬긴 뭘 쉬어? 병원 침대에 너무 오래 누워 있어서 허리가 다 아픈데. 일하던 몸이 누우면 진짜 병나는 거야. 그리고 뭣 하러 다

같이 다녀. 우리 셋은 민속촌 보고 있을 테니, 명주하고 사려니 숲인지 팔려는 숲인지 다녀와. 명주는 거기 안 가면 두고두고 말할 거야. 쟨 벨나서 한번 마음 먹으면 꼭 해야 직성이 풀려."

"엄마는, 내가 애야? 나 조금 있으면 오십이야."

"아이고, 그래, 에미 앞에서 나이 자랑이다. 내가 널 모르겠냐. 너 육학년 때 팔팔 올림픽 하는데, 서울 구경 가자고 조르다가 안 되니까 가출까지 했잖아."

"그게 뭐 가출이야. 그냥 혼자 서울 구경 간 거지."

"돼지 저금통 홀라당 털어서?"

"엄마!"

돼지 저금통을 털어 가출한 전력이 있는 이명주 씨는 철없을 때 얘기를 한다며 질색했지만, 성산 일출봉에 올라갔다가 내려온 뒤 어머니와 딸과 아들을 표선 민속촌 앞에 냉큼 떨궈 놓고 사려니 숲으로 가 버렸다.

나는 멀어지는 차 뒤꽁무니를 보면서 나한테 아무도 민속촌에 갈 건지 사려니 숲으로 갈 건지 묻지 않았다는 것을 깨달았다. 나는 넷 사이에서 기타 피크 같은 존재다. 꼭 필요하지 않아서 기타 가방에 넣어 놓고 잊어버리는 피크처럼 넷은 종종 나를 잊는다.

"할머니, 더워서 민속촌 구경하기 힘들지 않으시겠어요? 힘드시면 말씀하세요."

현정아가 할머니 팔짱을 끼면서 아양을 떨었다. 그리고는 셀카봉을 높이 들어 민속촌 입구가 나오도록 해서 동영상을 찍었다. 오전인데도 민속촌에는 사람들이 꽤 많았다. 대개 아이들과 함께 온 가족들이었다. 나는 셀카봉을 깃발처럼 쳐들고 가는 현정아 뒤를 바짝 따라가면서 중얼거렸다.

"여름 방학 숙제가 민속촌 탐방인 애들이 정말 많은가 보네."

"진짜야."

"뭐?"

"진짜 숙제라고."

현정아는 꽤 진지한 얼굴로 나를 봤다. 나는 선뜻 대꾸할 말이 나오지 않아 할머니 옆에 붙어 걸었다. 민속촌 안에는 초가집이 듬성듬성 있었는데, 집마다 이름이 있었다. 할머니는 막살이집이라고 쓴 나무 문패가 벽에 걸려 있는 초가집 부엌 안을 둘러보고는 마루에 걸터앉았다. 나는 옆에 따라 앉으며 목소리를 낮춰 물었다.

"할머니, 근데 표선은 왜 오려고 했어?"

"응?"

"정아한테 표선이 어디 있는지 알아보라고 했잖아."

"갈 데가 있어서."

"어디?"

할머니는 대답 대신 내 등을 떠밀었다.

"정아 혼자 다니게 하지 말고, 네가 같이 다녀. 나는 여기 앉아 있다가 천천히 따라갈 테니까."

나는 더 묻지 못하고 현정아 뒤를 따라갔다. 현정아는 옛날에 화장실로 썼다는 돌담 울타리 안을 한참 들여다보고는 사람이 잔뜩 모여 있는 곳을 기웃댔다. 어른들이 애들한테 물허벅이라는 물동이를 걸머메게 하고 사진을 찍어 주고 있었다. 현정아 또래 여자아이가 물허벅을 짊어지자 엄마로 보이는 사람이 사진을 찍으면서 연신 예쁘다고 말했다. 현정아는 물허벅을 진 여자아이를 물끄러미 보다가 돌아섰다.

나는 줄 서 있던 아이 셋이 사진 찍기를 기다렸다가 얼른 물허벅을 차지하고는 멀찌감치 떨어져 있는 현정아를 큰 소리로 불렀다. 현정아가 뒤를 돌아봤다.

"나 사진 좀 찍어 줘!"

현정아는 어리둥절한 얼굴로 내 쪽으로 느릿느릿 걸어왔다.

"그 항아리 짊어지려고?"

"너는 못 짊어지겠지? 이거 엄청 무겁네."

"나보다 작은 애들도 다 메던걸, 뭐."

"그래? 그럼 너도 해 봐."

나는 물허벅을 현정아 어깨에 걸머메 줬다.

"딱이네, 아주 잘 어울려. 동영상 안 찍어? 이런 건 남겨 둬야지."

나는 현정아의 셀카봉을 낚아채서 동영상하고 사진을 찍어 줬다. 민속촌 직원이 나를 보고는 눈을 찡긋거렸다.

"오빠가 자상하네. 동생 사진 찍어 주려고 줄 서서 기다리고. 둘이 남매 아니랄까 봐 똑같이 생겼네."

"네?"

현정아가 물허벅을 내려놓으면서 어이없다는 듯 '헐'을 몇 번이나 되풀이했다. 나도 직원한테 눈이 삐뚤어진 거 아니냐고 따지고 싶었지만, 어쩐지 현정아의 반응은 좀 섭섭했다.

내가 왜? 초등학교 때 우리 학교 여자애들은 내가 가장 잘생겼다고 했다. 그 애들이 지금은 나를 역변의 정석으로 꼽지만, 그것은 진심이 아닐 것이다. 여자애들은 나이가 들수록 냉소적으로 변한다.

나는 민속촌에서 나와 할머니가 가자고 한 식당에 들어가자마자 화장실로 달려가 거울에 비친 내 얼굴을 한참 들여다봤다. 헐이라니, 쪼그만 게 보는 눈이 없어서 어떻게 세상을 살려는지……. 조금 낯간지럽지만, 현정아한테 화려했던 내 전성기 시절을 알려 주고 싶었다. 어떤 사람이 이런 말을 했다. 기회는 언제나 당신 눈앞에 있다.

나는 할머니가 건너편 데이블에서 제 부모들과 마주 앉아 밥 먹는 초등학생 남자아이를 뚫어지게 보면서 참 잘생겼다 중얼거리는 순간을 놓치지 않았다.

"할머니, 나 초등학교 때 우리 반에 최연주라는 애 있었잖아. 걔가 우리 식당 앞에 와서 나한테 편지 주고 갔잖아."

"응, 여긴 우리 식당처럼 시래기 파는 데는 아냐. 고깃집이니까 먹고 싶은 고기로 시켜 봐."

"할머니, 그게 아니라."

아무개가 그랬다. 기회는 슬며시 왔다가 쏜살같이 달아난다고. 다행히 현정아가 메뉴판에 집중하고 있어서 우리 둘의 동문서답을 못 들은 것 같았다. 현정아는 메뉴판을 숙독한 뒤 제주도 흑돼지 삼겹살과 목살을 주문하고는 할머니에게 살랑거렸다.

"할머니, 제주도에서는 그래도 흑돼지죠?"

"응, 많이 시켜."

할머니는 식당에 앉은 뒤로 자꾸 사방을 둘러보다가 고기를 굽는 아주머니한테 물었다.

"여기 사장님은 안 나왔어요?"

"우리 사장님이요? 어디 좀 가셨는데, 올 거예요. 아시는 분이세요?"

"아니, 알기는……."

할머니는 손사래를 치면서 아니라고 했지만, 식당 사장을 아는 게 분명했다. 나는 현정아한테 눈짓으로 물었다. 누군지 알아? 현정아는 고개를 내저었다. 할머니는 연신 식당 입구를 힐끔대느라 고기를 먹는 둥 마는 둥 했다. 현정아는 할머니가 한눈팔 때 얼른 나를 보고는 입을 벙긋거렸다. 할머니 애인? 나는 말도 안 되는 소리라 대꾸하지 않았다. 할머니는 마흔 살에 할아버지가 교통사고로 돌아가신 뒤 혼자 엄마를 키우면서 단 하루도 식당을 쉰 적이 없다고 했다. 할머니는 식당 사장들 친목회에서 겨울마다 관광버스를 대절해 놀러 가는 것도 따라가지 않았다. 할머니가 식당을 비우는 건 절에 갈 때뿐이다. 할머니는 한 달에 두어 번은 큰 놋그릇에 흰 쌀을 소복하게 담아서 보문사에 갔다 왔다. 설마 절에서? 나는 고소한 삼겹살을 우적우적 씹으면서 불손한 생각을 떨쳐 버렸다. 현정아는 삼겹살을 쌈에 싸서 할머니 입에 넣어 줬다. 할머니는 몇 번 받아먹고는 고개를 내저었다.

"너희들이나 많이 먹어. 나이 들면 고기도 한두 점 먹으면 먹히지가 않아."

할머니는 식당 문을 보고 있다가 한 남자가 들어오자 얼른 고개를 돌렸다. 남자는 식당 주방 쪽에 들어갔다가 나와서 계산대 앞에 섰다. 할머니는 굳은 얼굴로 톳이 들어간 된장국을 떠먹고는 웅얼거렸다.

"국이 아주 맛나네. 고기도 좋고. 손님이 많을 만하네."

나는 할머니의 손이 파르르 떨리는 걸 봤다. 할머니가 이렇게 당황하는 모습을 본 건 처음이었다. 우리 동네 사람들이나 단골손님들은 꼬장꼬장한 우리 할머니를 다 어려워했다. 아무것도 모르고 식당에서 괜한 트집을 잡았다가 할머니한테 혼쭐난 사람이 한둘이 아니다. 나는 계산대 앞에 서 있는 남자를 유심히 봤다. 할머니 연애 상대는 절대로 아니다. 엄마와 나이가 엇비슷할 것 같았다. 아! 나는 오래전에 할머니가 곗돈을 떼여서 속 끓였다는 얘기가 생각났다. 나는 연신 상추에 싼 고기를 입에 집어넣는 현정아에게 입을 벙긋거렸다. 빚쟁이 잡으러 왔나 봐. 현정아가 못 알아듣겠다고 눈짓을 해서 문자를 보냈다.

돈 떼먹은 사람 잡으러 온 거야.

진짜? 현정아 눈이 정말 제 주먹만 하게 커졌다. 현정아가 문자를 보냈다.

경찰 불러야지. 저 사장이 범인이야?

나는 고개를 끄덕였다. 할머니가 종업원한테 사장을 찾은 것과

사장이 가게에 들어오자 긴장한 것을 볼 때 할머니 돈을 떼먹은 사람이 사장이라고 유추할 수 있었다. 합리적 의심이라고나 할까.

아빠한테 문자할까?

현정아 문자가 왔을 때, 할머니가 지갑에서 돈을 꺼내 나한테 내밀었다.

"가서 계산하고 와라."

"할머니, 계산하고 나가서 신고하려고?"

"뭐? 신고를 왜 해?"

"아니……."

나는 아무 말도 못 하고, 의자에서 일어나 계산대로 걸어갔다. 괜히 가슴이 조마조마했다. 사장은 웃으면서 계산을 하고는 문 앞에 있는 아이스크림 냉장고를 손가락으로 가리켰다.

"동생하고 아이스크림 하나씩 먹어요. 할머니도 드리고."

사장은 돈을 떼먹고 도망칠 사람처럼 보이지 않았다. 하기야 사기꾼 얼굴에 사기꾼이라고 씌어 있는 건 아니니까. 현정아하고 나는 아이스크림을 손에 하나씩 들고 식당에서 나왔다. 할머니는 한사코 아이스크림을 먹지 않겠다면서 우리보다 앞서서 허둥지둥 식당을 빠져나갔다. 식당 뒷마당은 바로 해변으로 이어져 있어서 우리 셋은 뜨겁게 달궈진 모래사장을 천천히 걸었다. 한여름 해변치고는 사람이 많지 않았다. 할머니는 식당에서 멀어지자 빈 파라솔 아래에 털썩 앉았다.

"할머니, 이거 쓰면 돈 내야 해요."

현정아의 말이 할머니 귀에는 들리지 않는 것 같았다.

"할머니, 누군데 그래?"

내가 묻자 현정아가 손을 흔들면서 작은 목소리로 말했다.

"나중에 여쭤봐. 지금은 할머니한테 안 들릴 거야."

현정아는 또 셀카봉을 꺼내 동영상을 찍기 시작했다. 할머니가 우두커니 바다를 바라보고 있는 모습도 찍었다.

"근데 그건 왜 자꾸 찍냐?"

내 말에 현정아가 히죽 웃었다.

"뭐야, 진짜 이유가 있는 거야?"

"알면 다쳐!"

아, 정말 쪼그만 게! 나는 중얼거리다가 등을 동그랗게 말고 있는 할머니의 뒷모습을 봤다. 할머니가 저리 작았던가. 할머니는 저 작은 몸에 뭘 감추고 있는 걸까? 저기 천방지축으로 뛰어다니는 작은 애가 품고 있는 비밀은 뭘까?

나는 하얀 백사장에 찰랑거리는 바닷물을 보면서 현병철 씨가 좋아하는 너바나의 노래를 중얼거렸다.

come as you are, as you were, as I want to be, as a friend, as a friend, as an old army.

할머니와 현정아의 비밀은 시시하게 휴대폰 때문에 밝혀졌다.

사려니 숲에 갔다가 용오름에 올라갔던 엄마와 현병철 씨는 해가 바다로 기울어질 무렵 표선으로 왔다. 우리 셋은 표선 해변이 내려다보이는 카페에 앉아 있었다. 뜨거운 바람이 부는 해변은 텅 비고, 카페에는 사람이 꽉 차 있었다. 엄마는 현병철 씨 어깨를 잡고 오른쪽 다리를 질뚝이면서 카페에 나타났다. 할머니는 엄마를 보고는 소스라치게 놀랐다.

"왜? 어디 다쳤어?"

"응. 오름에서 내려오다가 접질렸어. 괜찮아요. 한의원에 들렀다 오는 길이야."

"그러게 날도 더운데 산에는 뭣 하러 올라가. 다른 데는 안 다쳤어? 놀랐을 텐데, 한의사한테 약이라도 달라고 하지. 하나는 응급실로 하나는 한의원으로, 잘한다."

"오름은 높지도 않아. 그런데 말똥을 잘못 밟고 미끄러져서……. 다른 데는 멀쩡해요. 근데 엄마, 휴대폰 어쨌어요?"

"응?"

할머니는 주머니를 더듬다가 손가방을 뒤적거렸다. 엄마는 소파에 털썩 앉으면서 비죽비죽 웃었다.

"엄마는 나보고 칠칠치 못하다고 하면서, 휴대폰을 식당에 놓고
다니고 그래. 우리 빼놓고 셋이서만 맛있는 걸 먹으니까 그렇지.
내가 오면서 전화하니까 거기 식당 사장이 받더라고."

엄마는 빙글빙글 웃으면서 말했지만, 할머니 얼굴은 아까 식당
에서처럼 굳어 버렸다. 엄마는 할머니 안색을 살피면서 나를 보고
물었다.

"식당에서 무슨 일 있었니?"

"아니……."

나는 얼른 말하고는 현정아를 봤다. 현정아는 제 휴대폰을 들여
다보는 체했다. 우리는 암묵적으로 할머니의 알 수 없는 비밀을 지
켜 주기로 한 것이다. 엄마는 내가 시켜 놓은 주스를 벌컥벌컥 마
시고는 옆에 앉은 현병철 씨 옆구리를 찔렀다.

"우리가 가서 엄마 휴대폰 찾아오자. 우리도 흑돼지 삼겹살 좀
먹고."

"아니, 내가 가마."

할머니는 손가방을 챙기면서 단호하게 말했다. 엄마가 의아한
표정으로 할머니를 바라봤다. 나는 순간 할머니와 엄마 사이에 움
튼 긴장감을 느낄 수 있었다. 긴장감의 부피는 점점 커져 카페 스
피커에서 흘러나오는 노래마저 삼키는 블랙홀이 되어 버렸다. 엄

마는 등을 꼿꼿하게 세우고는 반듯하게 앉았다.

"뭐예요? 거기 아는 집이에요?"

엄마가 할머니한테 존댓말을 쓸 때는 이 상황을 절대로 대충 넘어가지 않겠다는 의지가 담긴 것이다. 엄마는 할머니와 나한테 현병철 씨와 결혼하겠다고 통보할 때도 마치 회사에 면접 보러 온 사람처럼 또박또박 말했다. 다시 해보려고요. 이번에는 처음보다 잘할 거라고 자신하지 않아요. 그렇지만, 다시 해보고 싶어요. 나는 그때 엄마가 한 말을 똑똑히 기억하고 있다. 내가 엄마 결혼에 동의한 것은(설령 내가 동의하지 않았더라도 엄마는 포기하지 않았을 것이다) 엄마가 나 때문이라고 하지 않았기 때문이다. 엄마가 엄마로서가 아니라, 한 사람으로서 다시 도전한다는 게 사실 멋져 보였다.

할머니는 엄마가 물러서지 않을 거라는 것을 잘 알고 있었다. 할머니는 엄마를 빤히 보면서 입을 뗐다.

"재민이가 하는 식당이다. 걔 고모가 그러더라. 재민이 엄마가 치매를 앓아서 제주도 요양원으로 옮기고, 제주도에 식당을 냈다고."

엄마는 아무 말 없이 할머니를 뚫어지게 보기만 했다. 현정아는 나를 보고는 눈으로 물었다. 누군데? 나는 슬쩍 고개를 내저었다. 정말 처음 듣는 이름이었다. 재민, 그러니까 곗돈을 떼먹은 죄인은 아닌 모양이었다. 카페에 있는 동안 곗돈을 떼먹고 도망간 사람

을 어떻게 단죄하면 좋을지 A안, B안까지 만들었는데, 무용지물이
된 것이다.

"어쩐지, 그러잖아도 엄마가 느닷없이 제주도 오자고 하는 게
이상했어. 그래서 얘기는 해 봤어요? 아니지, 엄마가 누군지 알았
으면 그 사람이 휴대폰 찾아가라고 덤덤하게 말하지 않았겠지."

"재민이가 누군데?"

현병철 씨가 슬그머니 끼어들었다. 엄마는 나와 현정아를 번갈
아 볼 뿐 대답하지 않았다. 대답을 한 건 할머니였다. 할머니는 현
병철 씨를 보면서 말했다.

"애들도 다 컸으니까 알아야지. 재민이는 내 아들이야. 내가 재
민이 다섯 살 때 재민이 아버지하고 헤어졌어. 철아, 명주 세 살
때 내가 명주 아빠하고 재혼한 건 알지?"

현정아가 놀란 눈으로 나를 봤다. 나는 시선을 피하며 카페 창
을 바라봤다. 바다와 하늘이 빨갛게 물들어 있었다. 제주도의 일
몰은 강화도 일몰만큼 아름다웠다. 일몰은 봄가을에 짧고, 여름
겨울에 길다. 길다고 해 봤자 2분이다. 남극에서는 3월에 하루 일
몰이 있는데, 38시간에서 40시간 정도 걸린다. 그러니까 오래 일
몰을 보려면 남극에 가야 한다는 게 아니라, 우리는 고작 2분 만에
할머니와 엄마의 엄청난 비밀을 알게 되었다는 것이다. 아침 드라
마에서는 출생의 비밀이 밝혀지려면 수십 회가 걸리는데, 우리 집

44

은 긴장감 없이 2분 만에 홀라당 밝혀진 것이다.

그 비밀의 당사자인 할머니와 엄마는 태연했고, 나와 현정아는 다 커서 출생의 비밀쯤은 대수롭지 않게 여겨도 되는 것인지 가늠하느라 아무 반응도 보이지 않았다. 당황한 사람은 현병철 씨뿐이었다. 현병철 씨는 느닷없이 일어나 물을 두 잔 떠 와서 할머니하고 엄마 앞에 놓고는 더듬더듬 말했다.

"그럼, 그 사람도 어머니를, 아니 그러니까 그분, 저한테는 형님이 되는 그분은 어머니를 알아보고…….."

"모르겠지. 나도 그냥 멀리서 얼굴이나 보려고 온 거니까."

할머니의 목소리가 살짝 떨렸다. 엄마는 물을 마시고는 일어서면서 말했다.

"엄마, 가서 말해. 엄마가 잘못한 거도 없잖아. 그 사람도 새엄마가 잘 키웠다며, 엄마는 나 잘 키웠고. 그럼 됐지. 다 자기 할 몫하고 산 거야. 같이 가요."

할머니는 일어선 엄마를 올려다보고는 고개를 끄덕였다. 현병철 씨는 얼른 일어나 엄마 팔을 부축했다. 나와 현정아는 일어선 어른들을 올려다봤다.

"여기 있을래?"

현병철 씨 말에 우리는 동시에 고개를 끄덕였다. 우리가 다 크긴 했지만, 어른들의 세상에 거침없이 끼어들 정도는 아니니까.

어른들도 우리와 같은 생각인 것 같았다. 엄마는 아무 말 없이 현병철 씨와 같이 카페를 나갔고, 할머니는 느릿느릿 둘을 따라 나갔다.

남겨진 둘은 멀뚱멀뚱 서로 얼굴을 마주 봤다가 휴대폰으로 시선을 돌렸다. 현정아는 휴대폰에 저장한 동영상을 보면서 혼잣말처럼 말했다.

"할머니하고 둘이 정말 닮았는데……."

15년 동안 엄마는 할머니가 낳은 딸이고 그러므로 둘은 닮았다는 논리를 믿어 온 나로서는 할 말이 없었다. 할머니를 닮아서 엄마와 내가 오이를 싫어하고, 새우를 먹으면 몸이 가려운 건 줄 알았다. 오늘 이전까지는 내가 통제할 수 없는 사소한 취향들의 근원이 확실했다. DNA, 유전자.

"같이 살면 닮는 건가 봐. 아까 식당 사장 아저씨는 할머니하고 하나도 안 닮았잖아."

현정아가 여전히 휴대폰을 들여다보면서 말했다. 나는 외부에서 우리 몸으로 들어온 유전자가 우리 유전자에 영향을 미친다는 글을 본 게 떠올랐다. 그러니까 유전자라는 것도 환경의 영향을 받는다면 엄마가 40년 넘게 함께 산 할머니를 닮는 건 가능한 일인 거다.

"맞네!"

"뭐가?"

현정아가 고개를 들어 나를 봤다.

"네 말이 맞다고. 우린 닮을 수밖에 없다고."

나는 창밖으로 시선을 돌렸다. 하늘과 바다 틈에 남은 밝은 빛이 점점 사라지고 있었다. 일몰이 완전히 끝난 것이다. 그리고 일몰 이전과 일몰 이후 우리 가족이 바뀐 건 하나도 없다. 우리 셋은 앞으로도 오이와 새우를 먹지 않을 것이다.

"와! 정말 멋지다. 수평선에 형광등이 켜진 것 같아. 저기만 밝아. 저거 고기 잡는 배지? 우리 나가서 저거만 찍고 돌아오자. 응?"

현정아가 창밖을 보고는 자리에서 벌떡 일어났다. 그러고는 내가 대답할 사이도 없이 카페 밖으로 튀어 나갔다. 나는 현정아 셀카봉을 챙겨 따라갔다.

해가 진 해변은 어스름했다. 현정아는 벌써 해변 끄트머리에 있는 바위 위에 올라가 섰다. '저러다 넘어지면 어쩌려고' 하는 생각이 드는 순간 현정아가 삐끗하더니 마치 춤을 추듯 두 팔을 휘저으면서 비틀거렸다. 그 순간 내 몸이 앞으로 튀어 나갔다.

내가 현정아의 팔을 휙 잡았을 때 현정아 손에 들려 있던 휴대폰이 포물선을 그리면서 낙하했다. 밀물 때라 낮에 흰 모래 사장이었던 곳에는 바닷물이 찰랑거리고 있었다. 현정아 손에서 미끄러진 휴대폰은 그대로 물속으로 빠졌다. 나는 현정아는 구했지만, 휴대폰까지 손을 쓸 수는 없었다. 현정아는 망연자실한 얼굴로 나와 물속에 빠진 휴대폰을 번갈아 보다가 울먹였다.

"어떡해. 저기에 우리 여행 동영상 다 찍어 놨는데……."

나는 휴대폰을 건져서 현정아한테 주면서 말했다.

"바로 수리하면 괜찮을 거야. 다 살릴 수 있을 거야."

"정말? 바닷물인데도 괜찮아?"

"아……."

"그것 봐. 바닷물에 빠트리면 저장된 게 다 날아간다고 그랬단 말이야."

"누가?"

"지금 누가 중요해?"

현정아는 휴대폰을 두 손으로 들고는 훌쩍거렸다.

"표선 읍내에 대리점이 있을지도 몰라. 가서 물어보자."

"갔는데 못 고친다고 하면 어떡해."

"그럼 할 수 없는 거잖아."

어이없게도 현정아는 큰 소리로 울었다. 일곱 살짜리 아이처럼. 사람들이 우리를 힐끔거리면서 지나갔다. 나는 창피해서 얼른 걸음을 뗐다. 현정아가 내 뒤를 바짝 따라오면서 훌쩍거렸다.

"동영상 찍어 놓은 거 없어지면 안 되는데……."

"왜 학교 숙제라고 하려고?"

"아니야. 사실은 민성이 오빠가 항공사에서 가족 여행기 공모하는데, 그거 되면 비행기 티켓을 준다고 해서……."

나는 걸음을 멈추고 현정아를 내려다봤다. 방학하자마자 중국 연길 외갓집에 다녀온 민성이가 공항에서 여행 수기 공모 포스터를 봤다고 하긴 했다. 민성이는 여행 수기를 써서 뽑히면 상품으로 비행기 티켓을 주니까 그 티켓으로 영국 글래스톤 베리 락 페스티벌에 가자고 했지만, 말뿐이었다.

"여행 갔다 온 걸 동영상으로 만들어 보내도 된다고 그랬어."

"그래서? 비행기 티켓은 어디에 쓰려고?"

현정아는 나를 올려다보면서 큰 눈을 끔벅거리기만 했다. 얘가 이렇게 작았나? 이마에는 여드름 하나가 볼쏙 솟아 있었다. 조그만 게 여드름은…….

"사실은 벨기에 가 보려고……."

"벨기에? 너 벨기에가 어디에 있는지는 알아?"

현정아는 눈물 자국이 남은 눈자위를 손등으로 쓱 닦았다.

"헐, 옛날 초딩은 벨기에도 몰랐나 보지? 아, 영국은 알았겠네. 최연주가 식당까지 와서 준 편지가 영국에서 시작한 행운의 편지 아냐?"

"너, 아까 들었어? 근데 그거 진짜야, 연주가 편지 준 거. 그리고 그거 행운의 편지 아니거든!"

나도 모르게 목소리가 커졌다. 현정아가 혀를 날름 내밀었다. 지금 우리 둘은 민성이 남매가 싸울 때하고 똑같았다. 둘은 소리지르고, 약 올리고, 방문을 걷어차고, 협박하고 파국으로 치닫다가 치킨을 시켜 먹으면서 평화협정을 맺지만, 그것은 휴전협정일 뿐이었다. 그런데 내가 고작 열두 살짜리와 그 지리멸렬한 싸움을 하려 하다니. 나는 목소리를 가라앉히고 나이 더 먹은 사람답게 물었다.

"그런데 벨기에는 왜?"

"거기 유명한 현대무용 학교가 있거든. 나 그 학교에 들어갈 거야. 그래서 중학생 되면 그 학교에 한번 가 보려고."

"너 춤 잘 춰?"

"우리 엄마 현대무용 했잖아. 우리 엄마 그 학교 가고 싶었대. 우리 엄마가 그랬어. 나도 엄마 닮아서 잘 출 거라고. 정말 나 몸으로 하는 건 다 잘해. 휴대폰 좀 줘 봐."

현정아는 내 휴대폰을 쓱 빼 가더니 동영상 하나를 보여 줬다. 시아의 뮤직비디오였다. 초등학교 1학년쯤 되어 보이는 작은 여자아이가 고무공처럼 몸을 움직이면서 춤을 췄다.

"우리 엄마 병원에 있을 때 같이 봤어. 이 여자애 정말 잘 추지? 우리 엄마도 이렇게 췄을걸. 나 낳고 그만둬서 그렇지. 우리 엄마가 지금 있으면……. 근데 대리점 일찍 문 닫는 거 아냐?"

현정아는 말을 얼버무리고는 급하게 걸음을 뗐다. 현정아는 엄마가 암으로 돌아가신 뒤 심리 치료를 오래 받았다고 했다. 현병철 씨가 회사를 그만두고 집에서 번역 일을 하는 것도, 고향으로 돌아온 것도 다 딸 때문이라고 했다.

"너도 이렇게 출 수 있어?"

내 말에 현정아가 우뚝 멈춰 섰다. 그러고는 체조 선수처럼 한쪽 다리를 귀에 닿도록 들어 올렸다가 내렸다. 그러고는 손가락을 쫙 핀 두 팔을 위아래로 휘저으면서 다리를 모아 번쩍번쩍 솟구쳐 올랐다. 설마 이게 춤이라면, 파리도 새가 맞다. 현정아의 로봇과 같은 뻣뻣한 춤의 배경 음악처럼 해변에서 폭죽 터트리는 소리가 들렸다.

우리 옆을 지나가던 남자들이 현정아를 보고는 낄낄 웃었다. 나는 그들을 노려보면서 낮게 말했다.

"현정아, 알았어. 됐어."

현정아는 그제야 춤을, 아니 몸짓을 멈췄다.

"어때?"

"응? 그래, 벨기에에 가야겠네."

"그렇지?"

아……. 현정아는 아무리 뻣뻣해도, 이토록 뻔뻔하니 무대가 체

실일 수노 있겠다. 나는 당당하게 걷는 현정아의 뒷모습을 보면서 피식피식 웃다가 생각했다. 현정아가 우리 엄마를 엄마라고 부른 적이 없구나. 이 녀석도 속으로는 아직 우리를 가족으로 받아들이지 못한 것이다. 나처럼.

얼굴에 빗방울이 떨어졌다.

"어, 비다!"

현정아는 어차피 젖은 휴대폰을 제 겨드랑이에 끼려고 했다. 나는 손을 뻗어 현정아 휴대폰을 낚아채 내 바지 주머니에 넣었다. 빗방울이 점점 굵어졌다.

"와, 시원하다!"

현정아는 손바닥으로 빗방울을 받으면서 빙글빙글 돌았다. 도대체 애는 어쩌면 좋을까.

"빨리 걸어. 비 쏟아지게 생겼어."

"응, 근데 나 비 맞으면서 걷는 건 처음이야. 시원하다."

나도 처음이었다. 비 맞는 게 이렇게 상쾌한 건. 빗방울은 미약하나 천천히 우리 몸에 스며들 것이다. 아마 우리도 그럴 것이다. 현정아도, 나도 천천히 닮아 갈 것이다.

"오빠, 뛸까? 근데 오빠 잘 못 뛴다며? 민성이 오빠가 그러던데, 오빠네 학교에서 오빠가 달리기 꼴찌라고."

"민성이 그 자식! 아니야."

"그럼 우리 뛰어 보자. 그리고 진 사람이 이긴 사람 소원 들어주는 거야. 내 소원은 미리 말하는데, 가족 여행 수기 써 주는 거야. 오빠 공부 잘하니까 글은 좀 쓰는 거 아냐? 어때?"

"뭐? 현정아! 나 중 삼이야."

"김우진! 나 우리 반 달리기 대표야!"

현정아는 내가 우물쭈물하는 사이 모래밭에 발끝으로 출발선을 그렸다. 그러고는 땅! 소리치더니 앞으로 내달렸다. 나는 이제 제멋대로인 저 애를 평생 봐야 하는 거다. 아, 진짜! 나는 있는 힘껏 달렸다. 그런데 거리가 좁혀지지 않는다. 아, 정말…….

기온 거리의 찻집

_김혜연

낯선 여행지에서 함께 떠난 가족이나 친구의 의외의 면을

보게 될 때가 종종 있어요. 그들은 하루의 여행을 마치고

숙소로 가는 밤거리에서, 혹은 이국적인 분위기의 찻집에

마주앉아 있다가 불쑥 내가 모르고 있던 얘길 털어놓아

놀라게 만들죠. 돌발적인 일이 벌어졌을 때 평소에 보지

못한 의젓한 모습을 보여 감동을 주기도 해요. 여행에서

돌아오면 여행지의 풍경보다 그런 것들이 더 기억에 남아요.

그리고 그들을 조금 더 사랑하게 되죠.

_작가 메모

1

조회를 마친 담임이 교실을 나가려다 걸음을 멈췄다.

"아참, 아직도 원고 안 낸 사람 있더라."

뜨끔. 난 괜히 핸드폰을 만지작거리며 딴청을 피웠다.

"다음 국어 시간까지는 내도록 해. 수업 시작 전에 핸드폰 내는 거 잊지 말고."

담임의 말은 콕 집어 나를 겨냥한 거였다.

국어 담당인 우리 담임 이기숙 쌤에게는 졸업을 앞둔 우리 반 서른한 명을 위해 준비한 야심찬 계획이 있다. 우리가 쓴 글을 모아 그럴듯한 단행본으로 만들어 졸업 선물로 주겠다는 것이다(선물인지, 고문인지 잘 모르겠다만). 모 출판사에서 지원하는 학급 문집 프로젝트에 선정되면 단행본으로 출판을 해 준다고 한다. 샘은 여름 방학 전부터 우리에게 이 계획을 알리고 방학 동안 글감을 찾고 틈틈이 써 두라고 독려했다.

"자기 글이 활자화되어 책으로 나오면 얼마나 기쁘겠니? 중학교 생활을 뜻깊게 마무리할 수 있잖아."

하지만 아이들은 시큰둥했다. 우리 반 서른두 명(샘 포함) 중 이 프로젝트에 관심 있는 사람은 오직 담임뿐인 것 같다. 샘은 좌절된 작가의 꿈을 우리를 통해 이루고 싶은 게 틀림없다.

담임이 나가자마자 나는 털썩 책상에 엎드렸다. 한 달 가까이 낑낑대며 쓰고 있지만 도무지 마무리가 되지 않았다. '아빠'에 대한 에세이였다. 쓸 거리가 많을 줄 알고 시작한 건데, 이상하게 잘되지 않았다. 손등에 턱을 괴고 엎드려 하릴없이 핸드폰 화면만 터치했다. 가족 단톡방에 새 메시지 표시가 있었다.

언니: 아빠 검사하러 들어갔어?

엄마: 응. 사색이 되어서 들어갔어. 어찌나 떠는지, 사시나무인 줄. ㅋㅋ

언니: ㅋㅋ 엄마 이제 뭐 좀 먹어. 아침도 못 먹었잖아.

엄마: 입맛도 없다.

언니: 내가 병원으로 갈까?

엄마: 뭐 하러? 밥 먹으러 갈 테니까 신경 끄고 공부나 해!

언니: 눼눼.

30분 전 엄마와 언니가 톡방에서 대화를 나누었다.

'둘이 아주 허니문이네, 허니문이야.'

괜히 심통이 났다. 나는 아빠에게 보내는 응원의 글을 입력했다가 뒷북치는 것 같아 그냥 지워 버렸다.

몇 달 전만 해도 엄마와 언니가 이런 달달한 메시지를 주고받는 건 상상도 할 수 없었다. 둘 사이가 좋아진 건 언니만 빼고 우리 셋이 일본 여행을 다녀온 뒤부터일 거다. 그리고 오늘 아빠가 병원에서 정밀 검사를 받게 된 것도 그 여행이 계기가 되었다. 이제 와 생각해 보니 여러 모로 의미가 있었던 것 같다. 아니, 아니. 의미가 있다기보다는 우리 식구들을 마구 뒤흔들어 놓은 여행이었다.

애초에 그 여행을 하게 된 것도 언니의 폭탄 선언이 집안을 뒤흔들어 놓았기 때문이다. 벌써 다섯 달도 더 지났는데 나는 아직도 그날의 일을 어제 일처럼 생생하게 기억한다.

그러니까 4월 말인가 5월 초 어느 휴일 저녁이었다. 언젠가부터 우리 네 식구가 다 모여서 밥을 먹는 일이 점점 줄어들어 일주일에 고작 한두 번 다같이 식탁에 앉았다. 그날 저녁이 바로 그런 날이었다. 냄비에선 찌개가 보글보글 끓고, 프라이팬에서는 생선이 지글지글 구워지고 있었다. 나는 식탁에 수저를 놓고 언니는 냉장고에서 마른 반찬을 꺼냈다. 아빠는 냉장고를 기웃거리다 엄마가 고기 잴 때 쓴다고 간수해 둔, 반 정도 남은 소주병을 찾아내서 아싸, 하며 보물이라도 발견한 듯 기뻐했다. 식탁에 앉아 수저를 들기 직전, 엄마 절친 현주 이모한테 전화가 왔다.

"얜 눈치도 없이 이런 시간에 전화를 하고 그래."

엄마는 전화기를 진동 모드로 바꾸고 전화를 씹었다. 그 전화로 인한 이후의 사태를 생각하면 퍽 다행이었다. 적어도 우리가 저녁밥을 무사히 먹을 수는 있었으니까. 엄마가 그 전화를 받았다면 노릇노릇 구워진 갈치와 돼지고기가 듬뿍 들어간 김치찌개는 맛도 못 봤을 거다. 밥을 먹고 나서 엄마는 우리에게 설거지를 부탁하고 현주 이모에게 전화를 걸었다.

"현주야, 전화했었네."

엄마는 그 말 한마디만 하고 한참 동안 응, 응, 대답만 하다 전화를 끊었다. 엄마는 너무너무 화가 나고 엄청나게 충격을 받은…… 아무튼 그런 얼굴이 되어 소파로 가더니 리모컨을 집어 텔레비전을 껐다.

"왜 그래? 보고 있잖아."

아빠의 항의는 엄마의 심상치 않은 분위기와 목소리에 튕겨 나갔다.

"다영이 너, 이리 와 앉아 봐."

"어, 왜?"

언니가 발랄하게 고무장갑을 벗어 싱크대에 걸쳐 놓고 거실로 갔다.

"이거 뭐야?"

엄마가 언니 코앞에 핸드폰을 들이밀었다. 나랑 설거지를 하며 키득거리던 언니 얼굴이 겨울왕국 엘사 공주의 마법에 걸린 것처럼 얼어 버렸다.

무슨 일인가 싶어 나도 소파로 갔고, 아빠는 텔레비전 시청권을 침해받아 열 받은 표정을 급히 수습했다. 언니는 그 자리에 선 채 깍지 낀 손을 앞으로 늘어뜨리고 고개를 푹 숙였다.

"뭔데 그래?"

아빠가 엄마 핸드폰에서 재생되는 동영상을 유심히 보더니 고개를 들고 말했다.

"뭐야, 애 다영이야? 네가 왜 여기 있어?"

아빠가 어리둥절한 표정으로 언니와 엄마와 휴대폰 화면을 번갈아 보았다.

"어디 말 좀 해 봐."

묵직하게 가라앉은 엄마 목소리. 우리 모두 그 목소리를 알고 있다. 식구들 중 누군가 굉장한 잘못을 했을 때, 엄마가 화를 다스리느라 애쓰는 목소리. 즉, 보통 일이 아니라는 소리다.

30초쯤 침묵이 흐른 뒤 언니가 말했다.

"죄송해요."

"뭐가?"

언니가 또 말을 잇지 못했다. 나는 궁금해서 미칠 것 같아 아빠 옆으로 가 핸드폰 화면을 터치했다. 어떤 카페 안, 중년 남자가 카페 종업원인 듯한 어린 여자를 향해 소리소리 지르더니 컵에 담긴 음료수를 뿌렸다. 종업원은 당황해서 어쩔 줄 모르고, 남자는 더 기고만장해 소리를 질렀다. 화면이 몹시 흔들리고 음질과 화질이 좋지 않았음에도 주문한 음료를 잘못 가져온 알바생에게 갑질 하는 상황이라는 걸 짐작할 수 있었다. 그리고 그 알바생이 바로 내 옆에 있는 우리 언니라는 것도. 놀란 내 입에서 나온 소리는 고작 '헐'이었다.

"네가 왜 이런 데서 알바를 하고 있어? 독서실에서 공부한다며?"

"……."

"이게 뉴스에도 나왔다더라. 카페 갑질 동영상 주인공이 너 같다고, 동영이가 그러더래. 뉴스에는 얼굴이 모자이크 처리되었는데, 유튜브에는 그냥 노출되어 있다고."

언니는 아무 말도 못 하고, 엄마는 잘 참고 있었다. 언니 입에서 이 말이 나오기 전까지는.

"나, 대학 안 갈 거야."

"뭐? 대학을 안 가?"

엄마가 손을 뻗어 언니 등짝을 후려쳤다. 쩍, 얼음장 갈라지는 소리가 났다. 아빠와 나는 후다닥 달려가 아빠는 엄마를, 나는 언니를 붙잡아 서로에게서 멀리 떨어뜨려 놓았다. 엄마는 팔다리를 버둥거리며 소리를 질렀다. 영상 속 갑질 아저씨 복사판이었다.

그로부터 30분 뒤, 부모님과 언니가 마주 앉아 대화를 시작했다. 사실 대화라기보다 엄마와 언니의 대결이라고 하는 게 맞을 것이다. 아빠는 엄마가 흥분해서 어떤 행동을 할지 몰라 엄마 손을 꼭 잡고 있었다. 모르는 사람이 봤다면 몹시 사이좋은 부부로 여겼을 거다.

언니: 나, 좋은 대학 갈 자신 없어. 재수해도 성적 많이 오를 것 같지 않단 말야. 대학 가서 특별히 하고 싶은 공부도 없고. 그냥 취직할래.

엄마: 고등학교만 나온 너를 어서 옵쇼, 하고 받아 주는 회사가 있대?

언니: 일류대 나온 사람들도 가고 싶은 회사 척척 들어가는 것도 아니던데, 뭐. 취직 못 하는 사람 많대. 어차피 취업하려고 대학 갈 바엔 4년 동안 돈 쓰면서 허비하는 것보다 일찌감치 일 시작

해서 내가 평생 할 일 찾는 게 나을 것 같아.

엄마: (냉소적인 표정으로) 평생 카페 알바나 하면서?

언니: (발끈하며) 그런 말 안 했거든! 그리고 그 카페 주인, 내 남친 성진이 사촌 누나야. 그 언니도 일류대 나왔는데, 대기업 다니다가 퇴사하고 퇴직금에 대출 받은 돈 보태 차린 거래.

엄마: 그래, 퇴사가 유행이라더라. 개나 소나 퇴사하고 사업한대. 사업은 뭐 쉬운 줄 아나 보지?

언니: 어휴, 정말. 그렇게 비아냥거려야 해? 나도 다 생각이 있다고.

엄마: 어디 그 잘난 생각 한번 들어나 보자.

언니: (후우, 한숨 한 번 내쉬고) 그 언니 계획이 카페 옆에 여행책 전문 서점 내는 거야. 곧 시작할 거래. 나중에는 게스트하우스도 운영하고 싶대. 내가 원하면 서점에서 일하라고 했어. 거기서 몇 년 일 배워서 나도 나중에 내 가게 차릴 거야. 대학 간 애들 졸업할 즈음 난 북카페 주인이 될 수도 있잖아. 엄마 아빠가 내 등록금으로 쓸 돈 반만 지원해 줘.

언니는 힐끗힐끗 부모님 눈치를 보면서도 할 말은 다 했다. 확신에 찬 표정이었지만 부모님은 어이가 없다는 얼굴이었다. 아빠는 말없이 푹 한숨을 내쉬었고, 엄마는 팔짱을 끼고 두 눈을 질끈

감았다. 솔직히 언니의 포부는 중학생인 내게도 허황되게 들렸다.

"왜 해 보지도 않고 지레 포기를 해? 너 죽어라고 노력해 본 적 있어?"

"죽어라고 노력해서 좋은 대학 간다고 쳐. 그런 다음엔? 솔직히 엄마도 좋은 대학 나왔지만 별 볼일 없잖아. 난 엄마처럼 살고 싶지 않단 말야."

엄마 눈에서 번쩍 빛이 나더니 격앙된 목소리로 말했다.

"그래, 나 좋은 대학 나왔어도 요 모양 요 꼴로 산다. 그런데 대학도 안 나오면 잘도 살겠다. 나처럼도 못 살아."

피날레는 엄마와 언니의 울음이었다. 카페 갑질 동영상을 유튜브에 올린 의인은 자신이 한 가족의 단란한 저녁 시간에 히로시마급 폭탄을 투하했다는 걸 꿈에도 생각 못 했을 것이다.

"야, 정다정!"

누군가 내 어깨를 잡고 흔들었다.

고개를 드니 반장이 핸드폰 주머니를 들고 내 앞에 서 있었다.

"핸드폰 내라고!"

입꼬리가 샐쭉 올라간 걸 보니 짜증이 난 상태다. 내가 꼴찌인가 보았다.

"알았다고!"

나도 짜증스럽게 밀하며 핸드폰을 주머니 안에 집어넣고 눈을 흘겼다. 그럴 것까진 없었는데.

2

수업을 마치고 집에 갔더니 아빠와 엄마가 있었다. 아빠를 보자 눈물이 핑 돌았다.

"아빠."

내가 울먹이자 아빠가 놀라서 말했다.

"왜, 왜? 학교에서 무슨 일 있었어?"

부엌에서 엄마 목소리가 들렸다.

"무슨 일은…… 당신 때문에 그러는 거잖아. 지 아빠 어떻게 될까 봐."

"난 또. 깜짝 놀랐네."

아빠 엄마 표정이 너무 태평해 내가 조바심 냈던 게 오버였나 싶어 눈물을 닦으며 물었다.

"검사 결과 나온 거야? 괜찮대? 아무것도 아니래?"

"결과 알려면 며칠 걸려. 다정아, 아빠 괜찮아. 별거 아닐 거야. 너무 걱정 마."

"괜찮은데 회사에는 왜 안 가는 거야?"

"검사도 받고, 피곤해서 좀 쉬려고 한 달만 휴직하는 거야."

"그래, 아빠가 20년 넘게 쉬지도 못하고 일만 했잖아. 그러니 몸에 탈이 날 때가 됐지. 우리 세탁기도 20년이나 써서 맛이 갔잖니."

엄마가 지난달에 새로 산, 다용도실에서 뱅글뱅글 돌아가고 있는 세탁기를 손으로 가리키며 말했다.

"지금 나를 세탁기에 비유한 거야?"

아빠가 어이없다는 듯 말했다.

"말이 그렇다는 거지. 그러니까 당신도 이번 기회에 좀 푹 쉬어."

엄마의 이 말은 100프로 진심이 아닐 거다. 엊그제 밤에 엄마가 이모랑 통화하면서 '아파트 대출금 다 갚으려면 5년은 있어야 하는데……'라고 말하며 한숨을 푹 쉬던 걸 들었다. 엄마는 이모랑 같이 대형 마트에서 건강 보조 식품 매장을 운영한다. 요즘엔 사람들이 매장에 와서 물어만 보고 인터넷으로 구매해서 통 매상이 오르지 않는다고 가게를 접네 마네 하는 중이다.

아빠는 엄마 말에 대꾸하지 않고 텔레비전을 틀었다.

방에 들어가 옷을 갈아입고 나왔더니 아빠가 뉴스를 보다가 혀를 쯔쯔 차며 말했다.

"여보, 다정아, 와시 이것 좀 봐. 태풍 '제비' 때문에 일본 오사카 간사이 공항이 물에 잠겨 폐쇄되었단다."

"우리 갔던 데? 그 공항 어마어마하게 크던데. 얼마나 강력한 태풍이기에?"

엄마가 고무장갑을 낀 채로 부엌에서 나오며 말했다.

"그 공항 섬에 지은 거잖아. 다리가 끊어져서 복구하려면 한참 걸리나 봐."

평소 뉴스에는 눈길도 주지 않는 나지만 오사카 간사이 공항이라는 말에 호기심이 생겨 텔레비전 앞으로 다가갔다. 기자가 간사이 공항이 일본 경제에 미치는 영향에 대해 브리핑하는 사이사이 공항의 영상이 나왔다. 태풍이 휩쓸고 간 공항은 말할 수 없이 처참했다.

"헐, 대박!"

"세상에. 태풍 무시무시하네."

나는 짧게, 엄마는 좀 길게 탄식했다.

"우리도 그때 아찔했지. 별일을 다 겪었어."

엄마가 혼잣말하듯 중얼거렸다. 엄마 얼굴이 좀 쓸쓸해 보였다. 아니, 추억을 곱씹는 표정인가? 내 머릿속에도 지난 여행의 몇몇 장면이 떠올랐다.

"그래도 또 가고 싶지?"

아빠가 물었다.

"돈 있고, 시간만 있다면야 뭐."

엄마가 말끝을 흐리며 다시 부엌으로 돌아갔다. 주방에 서 있는 엄마 뒷모습이 기운 없어 보였다.

문득 오늘 국어 시간에 있었던 일이 떠올랐다.

선생님은 아이들이 문집용으로 제출한 글을 몇 개 소개했다. 정우석은 다섯 줄짜리 시를 썼고, 김영우는 일기를 만화로 그렸다. 황민아는 얼마 전에 죽은 강아지에게 보내는 편지글을 썼다. 김이소는 크로아티아가 배경인 괴담을 썼다.

"아직 원고 내지 못한 사람들, 참고해. 이렇듯 다양한 형식으로 쓸 수 있으니까. 긴 글이 아니어도 되고."

다른 애들 글을 보니 형식은 제각각이었지만 수준은 다 거기서 거기 같았다. 근데 김이소가 쓴 글은 좀 괜찮았다. 주인공들이 크로아티아 여행 중에 겪는 으스스한 얘기였는데, 순전히 픽션인지 실제 경험담이 섞인 건지 궁금했다. 선생님도 비슷한 생각을 했는지 이소에게 말했다.

"이소야, 이거 여행기로도 괜찮은 것 같다. 한국항공에서 여행기 공모하는데, 거기 내 봐도 좋겠어. 부상으로 유럽 왕복 항공권 같은 거 준다던데……."

샘은 도대체 이런 정보를 어떻게 아는 걸까? 나를 포함해 모든 아이들이 와, 하고 관심을 보였다. 그런데 정작 이소는 시큰둥했다. 벌써 알고 있다는 표정이었다.

나는 선생님 말을 떠올리며 핸드폰으로 한국항공을 검색했다. 홈페이지에 들어가니 화면에 공지 팝업창이 떠 있었다. 클릭.

"창사 30주년을 맞아 어쩌고저쩌고…… 소중하고 아름다운 추억이 담긴 가족여행기……. 오 마이 갓!"

공모전 관련 내용을 소리 내 중얼중얼 읽다가 나도 모르게 소리를 질렀다.

"왜? 왜? 무슨 일 터졌어?"

엄마가 깜짝 놀라 나를 보았다.

"엄마, 엄마. 이것 좀 봐."

난 방금 읽은 페이지를 엄마에게 보여 주었다.

대상 1명 유럽 왕복 항공권 비즈니스석 4매와 호텔 숙박권

최우수상 1명 유럽 왕복 항공권 4매

우수상 3명 동남아 항공권 4매

장려상 10명 국내 항공권 4매

엄마가 화면의 글을 천천히 읽고 나서 말했다.

"그런데?"

"대상에 유럽 왕복 항공권 네 장을 준대. 것도 비즈니스석! 호텔 숙박권이랑."

"난 또 뭐라고. 좋겠네, 당선되면."

엄마가 심드렁하게 말했다. 공짜 좋아하는 엄마가 너무 담담하다.

"이거 당선되기 어려울까?"

엄마가 내 얼굴을 빤히 바라보더니 말했다.

"아마도 네가 서울대 들어갈 확률 정도?"

"아."

단번에 이해가 되었다. 난 의기소침해져 소파로 가 털썩 주저앉았다. 그런데 가만히 생각해 보니 기분이 좀 나쁘다.

'아니, 비유를 해도 뭐 그런. 서울대가 뭐 그렇게 대단하다고. 별로 가고 싶지도 않네요.'

갑자기 오기가 생겼다. 서울대에는 간절히 가고 싶은 적 없었지만 유럽에는 꼭 가 보고 싶었다. 아니, 갑자기 아주 간절하게 가 보고 싶어졌다. '간절'이라고 하니 떠오르는 말이 있다. 간절하게 원하면 온 우주가 도와준다고 했던가. 어떤 유명인이 텔레비전에 나와 그 말을 할 때 엄마가 혀를 끌끌 찼었다. 그 말보다 그 유명인이 맘에 들지 않았던 거겠지만. 어쨌든, 나의 간절함에 우주는 어떤 반응을 보여 줄지 몹시 궁금하다.

지난번 여행하는 동안 내내 기쁘고 행복한 건 아니었지만 시간이 좀 지나니 티브이 여행 프로그램에서 교토가 나오면 괜히 친근하고 잘 아는 동네 같았다. 고작 사흘 머물렀는데. 좋았건 안 좋았건 모든 기억은 시간이 지나면 추억이 되나 보다.

'그래, 그 추억을 그냥 묻힐 게 아니지. 자원만 재활용하란 법 있나, 추억(이라고 해도 될는지 모르겠다만)도 재활용할 수 있지.'

나는 다시 싱크대로 가서 엄마가 씻어 놓은 그릇을 마른 행주로 닦으면서 말했다.

"그래도 우리 한번 응모해 볼까? 지난번 교토 여행 나름 스펙터클했잖아. 그 이야기 좀 재밌게 쓰면 되지 않을까?"

"뭐, 그랬지. 그런데 너, 글 잘 쓸 수 있겠어?"

"엄마가 쓰면 되잖아. 엄마 어릴 때 꿈이 작가였다면서? 지금도 책 많이 읽잖아."

"그게 몇 년 전인데. 글 써 본 지가 백만 년도 넘는다. 그리고 어릴 때 다 한 번쯤 작가 되고 싶단 생각하지 않니?"

"난 아닌데? 난 한 번도 작가 되고 싶다고 생각한 적 없는데?"

"뭐가 되고 싶은 적은 있기나 하고?"

엄마가 바보를 보듯 나를 보았다. 그 눈빛이 내 자존심을 살짝 건드렸다. 그래서였다. 내가 주먹을 불끈 쥐고 호기롭게 이렇게 외친 건.

"방금 되고 싶은 게 떠올랐어. 나 한국항공 여행기 공모전 대상 당선자가 되고 싶어!"

"품. 그러셔? 어디 한번 해 봐. 네 덕에 비즈니스석에 앉아 유럽 여행 좀 해 보자."

평소의 나라면 이런 영혼 없는 리액션에 상심해서 포기했을 것이다. 그런데 이상하게 의욕이 솟구쳤다. 나는 곧바로 내 방에 들어가 연습장을 펴고 여행기를 쓰기 시작했다. 아니, 쓰기 전에 일단 머릿속으로 정리해 보았다.

3

언니의 유튜브 데뷔 사건 이후 집안 분위기는 살얼음판이 따로 없었다. 부모님은 언니에게 당장 알바를 그만두고 꼼짝 말고 집에 있으라고 했다. '네, 그러겠습니다' 하며 고분고분 말을 들을 언니가 아니었다. 그런 언니에게 엄마는 다리몽둥이를 부러트리겠다는 둥, 머리를 빡빡 깎아 버리겠다는 둥 전근대적인 방식의 협박도 서슴지 않았다.

부모님이 화가 난 게 언니가 갑질의 피해자가 되어서인지 대학을 안 가겠다고 해서인지 알 수 없었다. 이유가 뭐가 되었건 나는 심장이 쿵쾅대서 미칠 것 같았다. 태어나서 엄마가 그렇게 화를 내고 소리를 지르는 모습을 본 건 처음이었다. 언니 또한 엄마에게 악을 쓰며 바락바락 대들었다. 평화주의자인 나와 달리 우리 언니 정다영은 싸움닭 기질이 다분하다. 그리고 일단 싸움을 시작하면 절대 지는 법이 없다. 그런 성격 때문에 언니는 늘 자기가 원하는 걸 얻어 내곤 했다. 때때로 그중에는 내 몫이어야 할 것도 있었다. 정다영의 동생으로 산다는 건 억울하고 피곤한 일이다. 이번에도 결국에는 언니가 바라는 대로 될 거라는 데 내 전 재산을 걸 수 있다.

숨이 막힐 듯 지옥 같은 나날이 이어졌다. 식구들끼리 서로 한마디도 하지 않고 눈도 마주치지 않는 침묵의 시간을 보내던 어느 날이었다. 언니가 부모님 앞에서 독립선언문이라도 낭독하듯 결연한 표정으로 말했다.

"대학은 정말 안 갈 거야. 공시 볼래."

어느 정도 포기한 상태였던 엄마가 기가 막히다는 듯 대꾸했다.

"공부하기 싫다면서?"

"붙어서 취직하면 시험공부는 더 이상 안 해도 되잖아. 내가 빨리 돈 벌면 엄마 아빠도 좋잖아. 등록금도 굳고."

"효녀 나셨어."

엄마 목소리와 표정, 온몸에서 찬바람이 몰아쳤다. 나는 또 무슨 일이 벌어질까 가슴이 쿵쾅거려 방으로 들어가 이어폰을 끼고 음악을 크게 틀었다. 짐작컨대 그때 거실에선 피만 안 났지 또다시 치열한 전투가 벌어졌을 것이다. 누가 이겼는지는 궁금하지도 않았다. 나는 기를 쓰고 대학을 안 가겠다고 하는 언니도, 그런 언니를 다그치는 부모님도 이해할 수 없었다. 대학이 뭐길래, 그냥 학교일 뿐인데. 한편으론 엄마와 언니의 신경전이 정말 대학 때문일까, 하는 생각도 들었다.

다음 날, 저녁을 먹고 나서 아빠는 설거지를, 엄마는 뒷정리를 하고 있었다. 중년 부부가 나란히 주방에 서서 달그락거리며 집안일하는 광경은 참 보기 좋았다. 하지만 저녁 내내 두 분이 나눈 대화는 '설거지 내가 할게'와 '그래' 단 두 마디뿐이었다. 그즈음 언니 때문에 엄마 아빠 사이까지 나빠져서 나는 식구들 눈치를 보느라 아주 고달팠다. 밥 먹은 게 얹힐 것 같아 입가심으로 먹을 과일이나 탄산음료 같은 게 없나 냉장고를 뒤지고 있는데 아빠가 느닷없이 스윗한 목소리로 엄마에게 말하는 것이었다.

"우리 여행 갈까?"

엄마는 대꾸하지 않았지만 내 귀는 토끼 귀처럼 개수대 쪽으로 쫑긋 움직였다. 냉장고에서 띠링띠링 소리가 났다. 엄마가 휙 고개를 돌리고 말했다.

"그만 문 좀 닫지."

난 얼른 냉장칸 문을 닫고 냉동칸을 열어 언젠가 사다 놓고 잊은 비비빅을 찾으며 아빠 엄마의 대화에 귀를 기울였다. 엄마가 대꾸를 하지 않자 아빠가 덧붙였다.

"나 입사한 지 올해 20년 되었더라. 근속 휴가 일주일 받았어. 휴가비도 좀 나올 거야."

"아, 벌써 그렇게 되었네. 그럼 우리 결혼 20주년도 지난 거야?"

"어, 그런가? 맞다! 결혼한 다음 해에 입사했지."

그러고 또 침묵. 두 분은 말없이 하던 일을 계속했다. 그래서 여행은 가겠다는 건지 말겠다는 건지, 도통 마침표를 찍지 않았다. 나는 냉동실에 언제부터 있었는지 알 수 없는, 떡으로 짐작되는 벽돌 같은 것들 사이에서 비비빅을 찾아내 입에 물고 주방을 알짱거리며 말했다.

"엄마, 아빠, 여행 가?"

"아빠는 그랬으면 하는데, 엄마가 대답을 안 하네."

아빠가 엄마 표정을 살피며 말했다.

"이 마당에 무슨 여행이야?"

엄마가 짜증이 묻어 있는 말투로 톡 쏘았다.

"무슨 마당인데?"

갑자기 아빠 표정이 굳어졌다.

'어어, 분위기가 이러면 안 되는데?'

아무래도 눈치 없는 아빠가 아무 말이나 해서 분위기를 북극으로 만들 것 같았다. 내가 끼어들어야 할 타임이었다.

"엄마, 이럴 때일수록 기분 전환이 필요한 거야. 엄마가 인상만 쓰고 있다고 언니가 마음을 바꿀 것도 아닌데. 그치, 아빠?"

"맞아, 맞아."

아빠 표정이 살짝 부드러워지더니 고개를 끄덕이며 말했다.

엄마가 종이 행주를 북 뜯어 조리대를 닦으면서 말했다.

"휴가비 얼마나 나오는데?"

목소리가 훨씬 나긋해졌다. 아빠가 말한 휴가비 액수가 흡족했던지 엄마가 식탁에 앉아 휴대폰을 열고 여행 계획을 짜기 시작했다. 나도 슬그머니 옆에 앉았다.

"가게를 너무 오래 언니한테만 맡기기도 그러니까 2박 3일이 좋겠어."

"그래도 이왕 가는 거 해외로 가자. 좀 더 써. 해외여행 가 본 지 오래 되었잖아."

"그렇긴 하지. 가게 시작하고 여행은 꿈도 못 꿨지, 뭐."

"발리나 코타키나발루 같은 데 가서 푹 쉬고 올까? 바닷가 리조트에서?"

"아니야. 휴양지는 좀더 나이 먹어 기운 없을 때 가도 되고, 가만히 있으면 더 골치 아플 것 같아. 막 걸어 다닐 수 있고, 볼거리도 많은 데 갔으면 좋겠어. 경치도 보고 쇼핑도 하고, 예쁜 카페도 가고. 다 할 수 있는 데로."

여행 얘기를 하면서 엄마 눈빛이 반짝반짝 빛나기 시작했다. 말투도 약간 철없는 20대 여자처럼 바뀌었다. 조금 전 이 마당에 무슨 여행이냐고 말한 엄마는 다른 집 엄마였나 보다.

그때 내가 끼어들었다.

"나도 가면 안 돼?"

"학교 안 가고?"

"나 기말고사 끝나는 날 가면 되잖아. 하루나 이틀 정도는 체험학습 신청하고, 주말 껴서."

"네가 무슨 초딩이야? 체험학습 간다고 수업을 째게? 정신 차려."

아, 다시 우리 엄마로 돌아왔다. 나는 영옥이 이모네 철이 오빠도 뻑하면 체험학습 신청하고 엄마랑 여행 가더라는 말을 목구멍까지 꺼냈다가 삼켰다. '네가 우등생 철이랑 같니?'라는 말이 나올 게 분명하니까. 그래서 방향을 바꿨다.

"언니도 같이 가면 어때? 온 가족이 함께 힐링하고 오면 안 될까? 감정도 풀고."

엄마 아빠가 서로 눈빛을 교환하는가 싶더니 표정이 단박에 진지해졌다. 내 말이 일리가 있다고 생각했을 것이다. 뭐, 나는 일리 있는 말 아니면 안 하니까. 하지만 10시가 넘어 들어온 언니는 여행 얘기를 꺼내자마자 생각이고 자시고 할 것도 없이 냉정하게 말했다.

"난 됐어. 셋이 다녀와."

언니가 냉장고에서 물을 꺼내 벌컥벌컥 마시고 방으로 들어가자 엄마가 말했다.

"정했어. 일본에 가자. 교토, 나 교토 한번 가 보고 싶었어."

그리고 언니 방 방문을 째려보면서 지나치게 큰 소리로 말했다.

"그래, 까짓거. 날이면 날마다 오는 기회 아니니까, 다정이 너도 같이 가자."

"정말? 야호!"

나는 너무 신나서 층간소음에 민감한 아래층 투덜이 아저씨를 깜빡 잊고 펄쩍펄쩍 뛰었다.

엄마 아빠의 결혼 20주년 여행일 수도 있는데 눈치 없이 따라붙는 건지 모르지만 나도 해외여행이라는 것 좀 해 보고 싶었다. 그리고 무려 닷새 동안 부모님도 없는 집에 예민해진 언니랑 단둘이 있고 싶지 않았다.

3주 뒤 내가 기말고사를 끝낸 날, 우리 세 식구는 교토를 향해 출발했다. 하늘은 구름 한 점 없이 맑고, 아직 불볕더위가 시작되기 전이라 여행하기 딱 좋은 날씨였다(사실 슬슬 더워지기 시작했지만 기분만은 딱 좋았다). 비행기 안에서 엄마는 일본어 공부를 했다. 대학 때 공부한 적 있지만 단어를 죄 까먹었다고 벼락치기로 여행자 회화를 외우기 시작했다. 옆에서 아빠가 끼어들었다.

"내가 일본어 좀 하잖아. 가르쳐 줄게. 발음 그렇게 하면 안 되고."

엄마는 과격하게 아빠 얼굴을 밀어내고 회화 책에 코를 박았다. 집을 떠나니 엄마 아빠가 원래의 모습을 되찾은 것 같아 왠지 안심이 되었다.

여행 계획을 세울 때 우리는 자유 여행을 하기로 의견을 모았다. 패키지 여행을 하면 늦잠도 못 자고 원치 않는 쇼핑센터에 끌려다녀야 하며, 여행의 백미는 골목길 산책인데 그것도 불가능하다고 아빠가 강력히 주장했다. 엄마와 나는 '일본어 좀 하는' 아빠만 믿기로 했다.

오사카 간사이 공항에서 교토까지는 '하루카'라는 직행열차를 타고 가기로 했다. 물론 기차표를 사거나 길을 찾는 건 모두 '일본어 좀 하는' 아빠 담당이었다. 그런데 간사이 공항 역에 들어서자마자 아빠는 멘붕이 되었다. 역은 무지무지하게 넓었고, 사람이 바글바글했다. 미어터진다는 표현을 이럴 때 쓴다는 걸 체험하는 순간이었다. 만원 버스나 전철을 타 본 적 없는 나는 그런 인파 속에 있는 게 좀 신이 났다. 여행 온 게 실감이 났다.

"표 사 올 테니까, 꼼짝 말고 여기 서 있어."

아빠는 어린아이들한테 말하듯 눈에 힘을 팍 주고 당부하며 티켓 창구로 갔다. 엄마와 나는 아빠 말대로 꼼짝하지 않으려 했으나 그러기가 힘들었다. 하필 우리가 서 있던 곳이 개찰구 바로 앞이어서 승객들에게 엄청 걸리적거리는 존재가 되고 있었다.

"안되겠다. 저리로 옮기자."

엄마가 그나마 한갓져 보이는 곳을 가리키며 캐리어를 끌고 움직였다.

"아빠가 여기 있으라고 했잖아."

"아빠 지켜보고 있다가 네가 모셔 와. 저기 있으면 민폐야. 일본인들, 남한테 피해 주는 거 질색한다고. 로마에 왔으면 로마 법을 따라야지."

엄마는 일본에 와서 난데없이 로마를 들먹이며 내게 따라오라는 손짓을 했다.

그런데 그사이 아빠 모습이 보이지 않았다! 난 티켓 창구 쪽으로 갔다가, 다시 엄마가 있는 곳에 왔다가, 다시 갔다가…… 아무튼 발바닥에 불이 나듯 오갔다. 잠시 뒤 얼굴이 벌게진 아빠가 소리를 버럭 지르며 우리 쪽으로 걸어왔다.

"거기 있으라고 했잖아! 안 보여서 얼마나 놀랐는지 알아?"

평소 좀처럼 화를 내지 않는 아빠였기에 나 또한 얼마나 놀랐는지 모른다. 아빠는 우리 얘길 들어 보지도 않고 여기서 길 잃어버리면 국제 미아 된다며, 마구 흥분했다. 난 아빠가 좀 오버한다고 생각했지만 엄마는 아빠에게 미안하다고 말했다. 집에서는 엄마가 흥분을 하고 아빠가 차분하게 상황을 정리하는 편인데, 어째 반대가 된 것 같다.

승차장에 내려갔을 때, 우리가 타야 하는 하루카 열차가 막 떠나고 있었다.

"것 봐. 그 자리에 그냥 있었으면 저거 탔잖아."

아빠가 혀를 끌끌 차며 애석해했다. 하지만 열차는 20분 뒤에 다시 왔고, 승차열 맨 앞에 있던 우리는 마주 보고 앉는 좋은 자리를 차지할 수 있었다. 열차가 금세 꽉 차 빈 자리가 거의 없었다. 한 남자가 비어 있는 내 옆자리를 가리키며 앉아도 되냐고 물었다 (일본어였지만 상황과 표정으로 때려 맞혔다). 아빠가 고개를 끄덕이자 남자가 캐리어를 짐칸에 올리고 자리에 앉았다. 기차가 출발하자 우리는 비로소 한숨 돌리고 창밖을 내다보며 여행의 정취를 만끽할 자세를 취했다. 기차 기다리다 산 음료수를 마시며 저녁으로 뭘 먹을지, 내일은 어디에 갈지 검색을 했다. 한동안 집에서는 말도 잘 하지 않고 인상만 쓰고 있던 부모님은 농담도 하고 웃기도 했다.

82

이래서 사람들이 여행을 하는 건가 보았다. 잠시라도 현실의 괴로움을 잊으려고.

그런데 갑자기 엄마가 걱정스런 얼굴로 아빠에게 물었다.

"어깨 아파서 그래?"

"응. 좀 안 좋네."

아까부터 아빠가 자꾸 어깨를 움찔거려서 나도 신경이 좀 쓰였다.

"그러게 병원에 좀 가 보라니까. 말 정말 안 들어."

"스트레칭하고 운동하면 또 괜찮아져. 아까 니들 때문에 긴장해서 그렇잖아."

아빠가 괜히 우리 핑계를 댔다.

그때, 내 옆에 앉아 있던 남자가 갑자기 한국말로 우리 대화에 끼어들었다.

"저…… 한국분들이시죠?"

남자는 대만인이라고 자신을 소개했는데, 외국인 특유의 어색한 억양도 없이 유창하게 한국어를 했다. 어릴 때 부모님을 따라 한국에 가서 청소년기를 보냈다고 했다. 대학은 대만에서 다녔으며, 사업 관계로 일본에 자주 오기 때문에 일본어도 한다는 둥, 묻지 않았는데 제 얘길 줄줄 늘어놓았다. 그러더니 갑자기 셔츠 단추 하나를 풀어 까만색 줄에 금속이 달린 목걸이를 꺼내 보여 주며 말했다.

"말씀 나누시는 거 들어 보니 어깨 아프신 것 같은데, 이거 한번 써 보세요. 저도 한동안 어깨 아파서 고생했는데, 이 목걸이 하고 괜찮아졌거든요."

"아, 그렇습니까?"

아빠가 목을 길게 빼고 목걸이를 살폈다.

"일본 드럭스토어에서 파는 건데 그렇게 비싸지도 않아요."

대만 아저씨는 이 말을 남기고 신오사카 역에서 내렸다. 10여 분 동안 출신과 학력과 직업과 나이, 친구, 병력 등 자신에 대한 정보를 쏟아 내고는.

기차가 다시 출발하기 전 창밖을 내다보다가 대만 아저씨랑 눈이 마주쳤다. 아저씨가 활짝 웃으며 손을 흔들기에 나도 모르게 같이 손을 흔들고 말았다. 조만간 이 아저씨로 인해 작은 분란이 일어날 줄도 모르고.

교토에 대한 나의 첫 인상은 놀라움이었다. 우왓! 교토 역을 나오자마자 내 입에서 나온 소리다. 교토 역은 내가 가 본 기차역 중(몇 개 되지 않는다) 최고로 크고, 근사했다. 집 근처에 이런 역이 있으면 날마다 기차를 타고 싶을 것 같았다. 그리고 까마귀! 역에서 숙소로 걸어가는데 까악까악 하는, 허스키한 울음소리가 들렸다. 소리가 나는 곳으로 고개를 돌리니 절인지 전통 가옥인지 모를 거대한 집 지붕 위에 이삼십 마리쯤 되는 까마귀가 앉아 있었다. 일본 까마귀는 엄청 크고 뚱뚱해서 어쩐지 기분이 나빴다. 눈이 마주 치면 날아와 공격할 것 같아 재빨리 얼굴을 돌렸다.

엄마가 예약해 놓은 숙소는 아파트 호텔이었는데, 인테리어 잡지에 나오는 집처럼 깔끔하고 모던했다. 엄마는 고작 사흘 있을 건데 찬장과 서랍을 열어 보고 그릇과 키친툴이 마음에 든다며 흐뭇해했다. 짐을 풀고 조금 쉰 다음 저녁을 먹으러 나갔다. 멀지 않은 곳에 방송에도 나온 유명한 맛집이 있다기에 가 보기로 했다. 교토가 우리나라 경주 같다고 해서 일본 전통 건물만 있을 줄 알았는데, 고층 건물도 많고 길거리에 상점들이 죽 늘어서 있는 게 서울 도심과 비슷했다. 퇴근 시간이라 거리에 사람이 엄청 많아 복잡했다. 엄마가 구글 지도를 보며 앞장서고 아빠와 내가 뒤를 따랐다. 인파를 헤치고 걸어가던 중, 갑자기 아빠가 외쳤다.

"잠깐만, 나 여기 좀 들어가 볼게."

말을 마치자마자 아빠가 바로 옆 가게로 쑥 들어갔다. 엄마는 아빠 말을 듣지 못하고 계속 걸어갔다. 나는 멀어져 가는 엄마와 가게로 들어간 아빠 사이에서 '어, 어'만 연발하며 서 있었다. 어느새 엄마는 사람들에 묻혀 보이지도 않았다. 나는 일단 가게 안으로 들어갔는데, 너무 넓어 아빠를 금세 찾지 못했다. 아빠는 시끄러운 음악이 울려 퍼지는 매장 구석에서 쇼핑 삼매경에 빠져 있었다.

"아빠, 엄마 혼자 앞으로 가 버렸어. 내가 갔다 올 테니까 여기서 꼼짝 말고 있어야 해."

"어, 어, 그래."

가게를 나와 엄마가 간 방향으로 정신없이 달렸다. 엄마는 경보라도 했는지 그새 꽤 멀리까지 가 우리가 따라오지 않는 걸 그제야 알아차리고 두리번거리고 있었다. 나는 엄마에게 상황을 설명하고 다시 아빠에게 뛰어갔다. 아빠는 계산을 하고 있었는데, 뭘 샀는지 기분이 꽤 좋아 보였다. 하지만 나는 다리가 후들거렸고, 엄마 얼굴엔 짜증이 좀 묻어 있었다.

우리는 가모 강이 내다보이는 경관 좋은 식당에 들어갔다. 주문을 하고 음식을 기다리는 동안 엄마가 물었다.

"뭐 샀어?"

아빠가 싱글거리며 쇼핑한 물건을 꺼내 놓았다.

"아까 기차에서 만난 사람이 말한 건강목걸이. 지나가는데 딱 내 눈에 들어오더라니까."

"그런데 뭐 그렇게 많이 샀어? 세 개야, 네 개야?"

"네 개. 장모님이랑 처형이랑, 큰형 거까지 샀어. 처형도 어깨 안 좋다며? 큰형도 디스크 때문에 고생하고, 장모님도 여기저기 쑤신다고 하니까……."

"하여간 귀는 얇아 가지고. 아까 그 남자 좀 이상하더라. 초면에 뭐 그렇게 자기 얘길 줄줄 늘어놔. 물어보지도 않았는데."

"한국에서 오래 살았다잖아. 한국 사람들 보니까 반가워서 그랬겠지. 한국말도 해 보고 싶고. 그리고 내가 어깨 주무르다가 그 사람이랑 눈이 마주쳤거든. 안돼 보였던 거지. 동병상련!"

아빠는 바로 포장을 뜯어 건강목걸이를 목에 걸더니 1분도 안 돼 어깨가 다 나은 것 같다고, 갑자기 시원해졌다고 흡족해했다. 엄마와 나는 너무 어이가 없어 대꾸도 하지 않았다.

저녁을 잘 먹고 들어가 짐 정리를 하던 엄마가 쇼핑백에서 나온 영수증을 보고 기함했다.

"이 알량한 목걸이가 10만 원도 넘어?"

아빠가 엄마 손에서 영수증을 낚아채며 변명하듯 말했다.

"네 개잖아."

"맙소사! 당신 지난번에도 찜질기인가 뭔가 사 와서 한 번 쓰고 처박아 둔 거 기억 안 나? 그뿐인가, 전에는……."

엄마가 아빠가 충동구매로 사들인 쓸모없는 물건들을 나열하기 시작했다. 아빠는 심지어 지하철에서도 뜬금없는 물건들을 가끔 사 왔는데, 대부분 조잡해서 쓸 수가 없었다. 엄마 말에 나도 '맞아, 맞아' 하며 맞장구를 쳤다.

"그만들 해!"

아빠가 갑자기 버럭 화를 내더니 벌떡 일어나 밖으로 나가 버렸다. 문이 쾅 닫히면서 작은 아파트가 충격에 몸을 부르르 떨었다.

잠시 뒤 엄마가 머쓱한 표정으로 나를 보며 물었다.

"너무했나?"

내가 고개를 끄덕거렸다.

엄마와 나는 잠시 말없이 있었다. 먼저 말을 꺼낸 건 나였다.

"그런데, 엄마. 아빠가 이제껏 사들고 온 물건들이……."

"그래. 나도 그 생각 하던 중이야. 찜질기에 안마기, 지압 슬리퍼……. 얘, 다정아, 아무래도 니 아빠 어깨 상태가 생각보다 심각한가 보다. 어쩌냐."

엄마 얼굴이 어두웠다. 가슴이 철렁 내려앉았다. 나는 그때까지 아빠가 병에 걸릴 수도, 아플 수도 있다는 걸 한 번도 생각해 보지 않았던 거다.

아빠는 전화도 받지 않고 한 시간이 훨씬 지났는데도 들어오지 않았다. 엄마와 나는 침대에 누워 핸드폰만 만지작거리고 있었다. 그동안 내 머릿속에서는 온갖 상상이 펼쳐졌다. 그중에는 차마 입으로 옮길 수도 없는 끔찍한 상상도 있었다. 그러다 얼핏 잠이 들었나 보았다. 엄마 아빠가 소곤소곤 대화하는 소리를 듣고 나서야 나는 깊이 잠들 수 있었다.

"그만들 일어나! 오늘 일정 빠듯해서 일찍 움직여야 해."

아빠가 꼭두새벽부터 깨워 대는 바람에 눈을 떴다. 시계를 보니

6시 30분. 말도 안 되는 시간에 일어나고 말았다. 짜증이 좀 났지만 아빠 얼굴을 보니 간밤의 일이 떠올라 미안한 마음과 함께 조금 안심이 되었다.

"여행 오니 좋네. 꼼짝하지 않고 아침을 다 얻어먹고."

무슨 소린가 했더니, 아빠가 식탁에 아침을 차려 놓았다.

식탁에는 토스트, 달걀 스크램블, 사과, 우유, 커피가 차려져 있었다. 전날 밤, 문이 부서져라 닫고 호기롭게 나가더니 고작 장을 봐 왔나 보다. 우리는 전날의 작은 삐걱거림은 잊고 식탁에 앉았다. 낯설고 작은 집에서 최소한의 조리도구로 만든 음식을 먹으니 소꿉놀이하는 것처럼 재미있었다. 집에서도 먹는 평범한 달걀과 빵인데 혀와 목구멍이 간질간질했다. 아침을 먹으며 엄마 아빠는 도란도란 여행 일정을 의논했다.

"교토에서 제일 유명한 곳은 뭐니 뭐니 해도 금각사지. 금각사는 꼭 가야 돼."

"나도 거기 가 보고 싶었어. 그리고 청수사도 꼭 가 봐야 한다던데."

"그러게. 여행안내서 보니 가 볼 데가 너무 많더라. 유네스코 세계문화유산으로 지정된 곳이 무려 열일곱 군데나 된대."

솔직히 난 유네스코 어쩌고 하는 관광지에는 관심 없었다. 유네스코가 내게 의견을 물어 지정한 것도 아닌데 굳이……. 여행 가기 전에 나도 나름대로 검색을 해서 가고 싶은 곳 리스트를 만들어 왔다. 유네스코 어쩌고 하는 곳과는 거리가 먼, 일본 애니메이션이나 멜로 영화의 배경인 곳들이었다. 하지만 엄마 아빠는 내게 어디 가고 싶냐고 한마디 묻지도 않았다.

금각사는 이름처럼 건물 외관이 온통 금빛이었다. 금빛 지붕이 햇빛을 반사해 눈이 부셔 똑바로 바라볼 수 없을 정도였다. 아빠가 금각사를 배경으로 나를 세워 놓고 사진을 찍어 주고 안내문을 읽더니 말했다.

"아, 화재가 나서 다시 지었구나. 그 화재를 모티프로 소설이 씌어졌고. 다정이 너『금각사』읽어 봤어?"

"지금 보고 있잖아."

내 대꾸에 아빠가 놀랍다는 듯이 말했다.

"혹시 너, 그 유명한 소설을 모르는 거야? 아빠는 중학교 때 읽었는데. 여보, 애『금각사』도 모르네. 요즘 중학생들 이렇게 무식한 거야?"

교과서와 만화책 말고 제대로 읽어 본 책이 없다는 건 인정한다.『금각사』라는 소설이 있는지도 몰랐던 것도 인정. 그렇다고 무식하다니. 치, 우리 아빠도 결국 지식과 교양을 책으로만 쌓을 수 있다고 생각하는 꼰대였군. 이렇게 생각하고 넘어가려고 했다. 그런데 그때부터 아빠가『죄와 벌』이 어떻고,『설국』이 어떻고,『안

나 카레리나』가 어떻고, 나를 붙잡고 문학 강의를 시작했다. 엄마의 일침이 없었다면 돌아 버렸을 거다.

"정말 못 들어주겠네. 국문과 출신 앞에서 뭐래? 그리고 당신, 학교 졸업하곤 책 한 줄 안 읽은 걸로 아는데? 그만 나가서 밥이나 먹읍시다."

아빠가 대꾸하지 않고 강의를 끝낸 걸 보니 엄마 말이 맞나 보았다.

점심을 먹고 나서는 청수사에 갔다. 교토에서 꼭 봐야 하는 곳 리스트에 있다더니 과연 입구부터 전 세계에서 온 관광객들이 바글바글했다. 엄마 아빠는 멋있다고 연신 감탄을 했는데, 절이 다 그게 그거지, 도대체 어디가 멋있다는 건지 알 수 없었다. 날씨도 더워 이제 그만 숙소에 돌아갔으면 싶었는데, 또 어디에 가려는지 엄마가 검색을 하더니 말했다.

"여기서 한 시간쯤 걸린대. 중간에 환승해야 해. 버스 정류장까지는 걸어서 십 분."

걷는다는 말에 깜짝 놀라 내가 외쳤다.

"택시 타. 다리 아파."

엄마가 나보다 더 깜짝 놀란 얼굴로 말했다.

"얘, 일본은 택시비 장난 아니야. 꿈도 꾸지 마."

땀을 삐질삐질 흘리며 한참을 걸어 버스정류장까지 갔다. 걸어서 10분이라더니 20분도 넘게 걸렸다. 새로 산 샌들을 신었더니 발등 스트랩 닿은 데가 까진 것 같았다. 아침에 엄마가 운동화 신으라는 걸 말 안 듣고 샌들을 신은 탓에 아프다고 투정할 수도 없었다. 온몸이 끈적거리고 발등은 따끔거리고 재미도 없고……. 이건 내가 기대한 여행이 아니었다.

나는 은각사 안에 들어가자마자 벤치에 앉아 버렸다.

"왜 그래? 입을 한 발이나 내밀고."

엄마 말에 발끈해 나도 모르게 소리를 지르고 말았다.

"왜 종일 절에만 끌고 다니는데? 엄마 아빠 불교 신자도 아니잖아. 다 그게 그거잖아. 금각사는 금색 절. 청수사는 파란 절. 은각사는 은색도 아닌데, 왜 은각산데?"

주위에 있던 글로벌 관광객들이 우리를 돌아보았다. 그 시선들이 내 안에 쌓여 있던 감정들에 불을 붙였나 보았다. 갑자기 울음이 터져 버렸다.

다음 날 아침, 화장실에 있는데 엄마 아빠가 소곤거리는 소리가 다 들렸다.

"오늘은 어쩔까? 또 절이나 신사 같은 데 간다고 하면 다정이 재 또 난리 치겠지?"

"응. 어제 아주 무시무시하더라. 난 말 못 해."

"나 참, 더러워서. 내 돈 쓰면서 저 콩알만 한 거 눈치 봐야 해? 쟤 괜히 데려왔나 봐."

웬만하면 못 들은 척하려고 했는데 그냥 있을 수가 없었다.

"다 들리거든!"

내가 기염을 토하자 밖에서 킥킥거리는 소리가 들렸다. 엄마 아빠가 편먹고 나를 따돌리는 것 같아 외롭고 기분이 언짢았다. 여행 후 처음으로 언니 생각이 났다. 언니였다면 나처럼 군말 없이 엄마 아빠를 졸졸 따라다니지는 않았을 것이다. 자기가 가고 싶은 데 먼저 가야 한다고 우겼을 게 뻔하다. 오늘만큼은 나도 양보하지 않으리라, 각오하며 화장실에서 나왔다.

"난 오늘은 그냥 숙소에 있을래. 엄마 아빠나 다녀와."

"일단 아침 먹으면서 어디 갈지 의논하자. 네 의견 백 프로 반영할게."

식탁에는 전날과 마찬가지로 달걀, 사과, 빵이 놓여 있었다. 전전날 밤 아빠가 음식을 너무 많이 사 와 여태 남아 있었다. 식욕이 확 떨어졌다.

"생각 없어. 안 먹을래."

"그러지 말고 조금만 먹어. 오늘은 너 가고 싶은 데 가자. 어디 가고 싶은데?"

그렇게 물으니 대답하기가 망설여졌다. '그게…… 영화에 나온 카페인데……’라고 말을 꺼내려나 그만두었다. 그럼 또 엄마는 영화 제목이 뭐냐, 15세 관람가냐, 거길 왜 가고 싶냐, 꼬치꼬치 캐물을 것이다. 나는 내게 주어진 기회를 스스로 날려 버리고 소심하게 이렇게 말했다.

"절만 아니면 돼."

"나도 절은 그만 봤으면 싶어."

내 말에 엄마가 장단을 맞췄다. 내 기분을 풀어 주려고 한 말인지, 진심인지는 알 수 없지만.

"오케이. 그렇다면…… 여긴 어때?"

아빠가 휴대폰을 보여 주었다. 대나무가 하늘을 찌를 듯 서 있는 대나무 숲 사진이었다.

"좋네. 벌써 힐링 되는 것 같아. 그럼 이러면 어떨까? 거기 갔다가 점심 먹고, 오후에는 각자 가고 싶은 데 가기. 볼 데는 많은데 다 갈 수는 없잖아. 내일은 오사카 가니까 각자 꼭 가고 싶은 데 갔다 오기. 어때? 다정이는 숙소에 있고 싶다니까 그렇게 하고."

엄마가 아빠 표정을 살피며 말했다. 엄마도 실은 아빠의 여행 설계가 마음에 들지 않았던 거다. 속이 뻥 뚫리는 기분이었다.

"찬성! 찬성! 찬성!"

내가 손까지 번쩍 들고 외치자 아빠가 날 흘겨보았다.

"야, 정다정! 세 번씩이나 말할 건 뭐냐?"

그래서 우리는 아라시야마라고 하는 대나무 숲을 산책했다. 대나무 사이를 스치는 기분 좋은 바람과 차르륵차르륵 소리에 마음이 말랑말랑해졌다. 근처 우동집에서 점심을 먹고 숙소에 돌아왔다. 휴대폰을 충전하고 조금 쉰 뒤 제일 먼저 엄마가 '다녀올게. 이따 봐' 하며 나갔다. 몹시 즐거워 보이는 얼굴이었다.

아빠는 미안한 표정으로 내게 말했다.

"혼자 두고 나가려니 발이 떨어지지 않는다. 아빠도 같이 있을까?"

나는 아빠 등을 떠밀며 말했다.

"나 잘 거야. 아빠가 코 골아서 밤에 잠 설쳤어. 제발 나가 주세요."

아빠는 마지못해 나가는 듯했으나 표정은 엄마와 마찬가지로 즐거워 보였다. 아빠가 나가고 30분 뒤 나도 밖으로 나갔다. 역시 즐거운 얼굴로. 핸드폰과 비상금을 챙기고, 헨젤과 그레텔의 심정으로 숙소 주변 사진을 여러 장 찍은 뒤에 길을 나섰다.

다행히 내가 리스트에 올려놓은 카페가 숙소에서 멀지 않은 곳에 있었다. 구글 지도가 가리키는 대로 걷다 보니 일본 전통 가옥이 늘어서 있는 거리가 나왔다. 거리 이름이 '기온'이라고 했다. 가는 길에 아기자기한 선물 가게와 예쁜 카페 들이 많았다. 이따금 발을 멈춰 선물 가게를 기웃거리고 길거리에서 파는 간식도 사 먹었다. 이런 게 진정한 여행이지, 하며 즐거워하다 보니 목적지에서 한참이나 벗어나 있었다. 지도에 현재 위치를 수정해 입력했다. 그런데 지도가 움직이지 않았다. 그 순간 데이터 공유기를 엄마나 아빠가 가지고 있다는 걸 깨달았다. 와이파이가 잡히지 않으면 검색이 안 된다는 중요한 사실도!

주변을 둘러보니 모든 간판과 표지판에는 내가 해독할 수 없는 일본어만(당연히!) 써 있었다. 겁이 더럭 났다. 허둥지둥 내가 지나쳐 온 길 쪽으로 뛰어갔다. 일단 큰길로 나가면 강변을 따라 숙소로 가는 길을 찾을 수 있을 것 같았다. 느적느적 구경하며 다닐 때는 몰랐는데 가게들이 다 그게 그거 같고 골목들은 다 비슷했다. 집집마다 붉은 등을 내걸어 놓은 긴 골목이 자꾸자꾸 나타났다. 밤이 되어 불이 켜지면 장관일 것 같다는 생각을 하며 홀린 듯 골목 안으로 들어섰다. 얼마 뒤 내가 같은 곳을 뱅글뱅글 돌고 있다는 걸 알아차렸다. 아직 대낮이고, 주변에 사람들이 많긴 했지만 길을 물어볼 수도 없는 노릇이었다. 다리는 아프고, 목도 말랐다. 어디 가서 앉고 싶은 마음뿐이었다. 기진맥진해서 여기다 싶은 골목으로 들어갔는데, 골목 중간에 두 사람 정도 간신히 통과할 수 있는 작은 골목이 보였다. 내가 찾는 큰길로 나가는 골목은 아니었지만, 언뜻 보이는 붉은색 집이 좀 궁금했다.

나는 조금 더 들어가 보았다. 좁은 마당이 딸린 집은 근처 다른 집들처럼 목조 전통 가옥이 아닌 붉은색 벽돌집이었다. 마당은 관리를 하지 않아 잔디가 발목까지 자라 있었고, 벽의 반은 담쟁이로 뒤덮여 있었다. 창문에는 커튼이 쳐져 있고, 진갈색 나무 문은 육중해 보였다. 문에 붙어 있는 거무튀튀한 금속판에 글씨가 새겨져 있는 것 같아 가까이 가 보았다. cafe OO라고 써 있었는데, 뒷글자는 일본어라 읽을 수가 없었다.

어쨌든, 카페라는 글자가 그렇게 반가울 수 없었다. 내가 찾는 카페는 아니었지만 나는 당장 목이 마르고 다리가 몹시 아팠다. 일단 들어가서 뭐라도 마셔야겠다고 생각하는 찰나, 문 안쪽에서 소리가 들렸다. 타닥타닥, 타닥타닥, 누군가 작고 가녀린 손으로 노크를 하는 것 같았다. 궁금해서 손잡이를 살짝 당겨 보았다. 끼이이익~ 귀찮다는 듯한 소리와 함께 문이 열리더니, 안에서 손 하나가 쑥 나와서 내 손을 잡았다. 그와 함께 들려온 날카로운 목소리.

"하야쿠! 하야쿠!(빨리! 빨리!)"

내 몸은 순식간에 안으로 빨려, 아니 끌려 들어갔다. 뒤에서 쿵, 하고 문이 닫혔다. 눈 깜짝할 사이에 벌어진 일이라 놀랄 새도 없었다. 고꾸라지려는 몸을 바로 세우고 보니, 눈앞에 마녀…… 가 아닌, 파스텔톤 원피스에 레이스 달린 앞치마 차림의 아줌마가 서 있었다. 아줌마 어깨에는 노란 새 두 마리가 앉아 있었다. 너무 예쁜 새였다. 새는 두 마리가 아니었다. 어디선가 연두색 새가 포르르 날아와 내 앞 테이블에 사뿐 내려앉았고, 천장 근처 횃대에는 알록달록한 새 두 마리가 앉아 있었다. 안을 둘러보니 벽에는 유럽의 성과 풍경이 그려진 접시들이 걸려 있었다. 장식장에는 꽃무늬 찻잔과 접시, 작은 도자기 인형 들이 있었다. 구석 자리에 젊은 여자 둘이 차를 마시며 조용조용 이야기를 나누고 있었다.

찻집 주인이 테이블을 가리키며 내게 무슨 말인가를 했다. 앉으라는 말이겠지. 자리에 앉자 메뉴판을 가져다주면서 또 뭐라고 했다. 나는 난처한 표정으로 말했다.

"일본말 모르거든요. 아임 포리너."

주인이 고개를 끄덕이며 미소를 짓더니 어깨에 앉은 새와 횃대에 앉은 새를 가리키고, 내가 끌려 들어온 문을 가리키면서 "쏘리"라고 했다. 새들이 밖으로 나갈까 봐 문을 빨리 닫아야 했다는 뜻인가 보았다. 나도 미소 지으며 "오케이"라고 말하고 메뉴판을 폈다. 다행히 일본어 옆에 영어로 표기가 되어 있었다. 커피, 홍차, 녹차, 코코아, 레몬티…… 어차피 홍차건 녹차건 커피건 맛을 잘 모른다. 평소라면 아이스크림이나 코코아를 주문했겠지만 왠지 이런 분위기의 찻집에서는 꽃무늬 찻잔에 담긴 홍차를 마셔야 할 것 같았다. 혼자 카페에 와 주문을 하는 건 처음이었다. 기분이 묘했다. 메뉴판의 얼그레이를 손가락으로 짚자 찻집 주인이 생긋 웃으며 말했다.

"엑셀런트 초이스."

참으로 일본스러운 발음이라 웃음이 터질 것 같았지만 꾹 참았다. 영어 발음으로 치자면 나도 만만치 않게 후지니까. 찻집 주인이 주방에서 차를 가지고 나왔을 때 까만 고양이 한 마리가 따라 나왔다. 고양이는 느릿느릿 걸어와 내 발 아래 털썩 누웠다. 핸드폰을 내밀어 보이면서 "와이파이"라고 말했더니 찻집 주인이 메뉴판 아래 적힌 비밀번호를 손가락으로 짚었다. 은혜로운 와이파이 덕에 번역기 앱을 이용해 짤막하게나마 찻집 주인과 대화를 할 수 있었다.

－노란 새가 참 예뻐요. 무슨 새예요?

－카나리아. 횃대에 앉아 있는 건 앵무새.

－와, 앵무새 실제로 처음 봐요. 정말 말할 줄 알아요?

－그럼. 듣고 싶어?

－네!

찻집 주인이 다가가 말을 걸자 앵무새는 말이라기보다는 비명에 가까운 소리를 내질렀다. 찻집 주인이 들었냐는 듯이 나를 보았다.

－일본어였나요?

－응. 인사했어. 어서오세요, 라고. 사실 몇 마디 못해. 아직 어리거든.

나는 쿡쿡 웃으며 앵무새에게 "안녕"이라고 말했다. 앵무새가 화답하듯 꽥 소리를 질렀다.

－혹시 이 새, 손바닥에 올려놓고 싶니?

－그래도 돼요?

－가만히 손 내밀어 봐.

찻집 주인이 어깨에 앉아 있는 새를 손으로 떠내듯이 잡아 조심스레 내 손바닥 위에 올려놓았다. 새의 발이 닿은 부분이 간질간질했다. 찻집 주인은 내게 핸드폰을 달라더니 사진을 찍어 주었다. 새는 손바닥 위에 얌전히 앉아 고개를 까닥거렸다. 그 모습이 너무 예뻐 그대로 집으로 데려가고 싶었다. 그 순간, 푸드득, 새가 내 마음을 읽었는지 주인 어깨 위로 날아가 버렸다. 찻집 주인이 깔깔 깔 웃음을 터트렸다. 대견해 죽겠다는 표정이었다.

나는 천천히 유리 포트에 든 차를 찻잔에 따랐다. 향이 기가 막히게 좋았다. 첫맛은 살짝 쌉쌀했는데, 마지막 한 모금을 넘길 때는 그 맛에 익숙해져 아쉬웠다. 구석 자리에 있던 여자들이 일어나기에 시계를 보니 어느새 여섯 시가 넘었다. 나는 얼른 지도에 숙소까지 가는 길을 저장한 다음 계산을 했다. 찻집 주인은 한 사람이 간신히 빠져나갈 만큼만 문을 열어 나를 밀어냈다. 후다닥 문을 빠져나왔다 싶은 순간, 뒤에서 아앗, 하는 비명이 들렸다. 돌아보니 문틈에 연두색 카나리아의 몸이 반쯤 끼어 있었다. 깜짝 놀라

문을 확 열어 버렸다. 카나리아가 퍼드득 날갯짓을 해 날아오르려는 찰나, 카페 주인이 뛰어나와 새를 잡아챘다. 새를 품에 안은 주인이 안도의 한숨을 쉬더니 내게 손을 흔들어 보이고 잽싸게 안으로 들어갔다. 찻집 문은 언제 열렸던가 싶게 시침 뚝 뗀 얼굴을 하고 있었다.

아직 어두워지진 않았지만 골목의 붉은 등들에 불이 들어와 있었다. 나를 인도하기 위해 켜진 불빛 같았다. 걸음을 멈추고 잠시 바라보다가 그 사이를 통과해 골목을 빠져나왔다.

그날 오후, 기온 거리의 그 찻집에 들른 덕에 내 인생 첫 해외여행이 억울하게 끝나지는 않았다. 애초에 가려던 영화에 나온 카페는 아니었지만, 이름도 모르는 그 카페에서 내가 주인공인 짧은 영화 한 편을 보고 나온 것 같아 기분이 꽤 괜찮았다.

하지만 서울로 돌아가는 날, 재난영화에나 등장할 법한 일이 우리를 기다리고 있었다.

마지막 날 아침을 오사카에서 맞은 우리는 누군가 침대를 막 흔드는 것 같은 느낌에 잠을 깼다. 나는 너무 졸려 눈을 뜰 수 없었는데, 엄마의 비명에 벌떡 일어나고 말았다. 아빠도 욕실에서 얼굴에 거품을 묻힌 채 뛰쳐나왔다.

"뭐야, 왜 이래?"

"집이 막 움직여. 이거 뭐지?"

그때, 세 개의 핸드폰에서 동시에 삐이이이익~ 무시무시한 소리가 났다.

"어떡해, 여보. 지진이래."

핸드폰을 본 엄마가 벌떡 일어섰다.

지진이라고? 말로만 듣던 지진? 나도 완전히 잠이 달아나 침대에서 튀어나왔다.

건물을 흔드는 진동이 더욱 분명하게 느껴졌다. 흔들리는 놀이기구에 앉아 있는 것 같았다. 나는 엄마를 꼭 끌어안고 으악, 으악 소리를 질러 댔다. 이렇게 죽는구나, 라는 생각이 들었다. 하지만 진동은 오래 가지 않았다. 뉴스에서 봤던 것처럼 가구가 뒤집어지거나 벽에 금이 가지도 않았다. 텔레비전을 켰더니 속보가 나오고 있었다. 알아듣진 못해도 앵커의 다급하고 불안한 목소리와 표정, 화면에 수시로 바뀌는 커다란 활자들로 충분히 위급 상황이라는 걸 알 수 있었다.

"엄마, 어떻게 해. 우리 집에 못 가?"

"못 가긴 왜 못 가. 얼른 짐 챙겨."

우리는 빛의 속도로 준비해 체크아웃을 하고 호텔을 빠져나왔다. 다행히 땅이 갈라지거나 건물이 무너져 내리진 않았다. 이른 아침이어서인지 거리에 사람이 별로 없고 생각보다 차분했다. 지하철 역으로 가는 도중 몇몇 건물에서 우리처럼 다급히 뛰쳐나오는 사람들을 보았다. 멀지 않은 곳에서 사이렌 소리와 고함 소리가 들려왔다. 비행기 탑승 시간까지는 한참 남았지만 빨리 그곳을 떠야 한다는 생각에 마구 달렸다. 우리 중 누구라도 정신을 똑바로 차리고 생각이라는 걸 했다면 지하철 탈 생각은 하지 않았을 텐데, 생전 처음 겪는 지진에 모두 제정신이 아니었다. 그때 엄마 핸드폰이 울렸다. 엄마가 전화를 받자마자 통곡 소리가 터져 나왔다. 언니였다. 울음소리가 어찌나 큰지 스피커폰이 아닌데도 다 들렸다.

오사카에 지진이 났다는 속보를 보고 1시간 전부터 계속 전화를 했는데, 연결되지 않았나 보았다. 언니는 혼자서 온갖 상상을 하면서 말도 못하게 마음고생을 했을 것이다. 재난 현장에 있는 건 우리인데 피해는 언니가 입은 것 같았다. 떠나는 날 아침까지도 엄마에게 대들었던 게 마음에 걸렸을 테지.

"우리는 머리카락 하나 다치지 않았으니까 걱정하지 마. 뚝!"

엄마가 근래 보기 드물게 상냥한 말투로 언니를 달래며 전화를 끊었다. 그러더니 괴력을 발휘해 캐리어를 번쩍 들고 계단을 달려 내려갔다. 열차 문이 닫히기 직전에 올라타 휴우, 안도의 한숨을 쉬었는데, 세 정류장도 못 가 안도할 일이 아니었음을 알게 되었다. 정류장도 아닌 곳에서 열차가 멈추더니 꼼짝하지 않았다. 문도 열리지 않고, 정전까지 되어 깜깜해진 열차에 두 시간 넘게 갇혀 있어야 했다. 지하라서 바깥도 볼 수 없고 화상실노 갈 수 없었다. 어둠 속에 있자니 산소도 부족한 것 같고 온갖 나쁜 일들이 상상되었다. 열차 안 공기가 후끈후끈해 땀이 줄줄 흐르는데, 등골이 오싹했다. 나는 공포에 사로잡혀 엄마 아빠 옆에 딱 달라붙어 있었는데 열차 안에 있는 일본인들은 어찌나 차분한지 존경스러웠다.

열차는 2시간 13분 만에 다시 움직였다. 하지만 섬에 지어진 공항으로 들어가는 다리가 폐쇄되어 내려서 또 한참을 기다려야 했다. 어찌어찌 공항에 들어갔는데, 앞의 비행기들이 결항해 대기하는 승객들로 가득했다. 공항에 닿기 위해 우리처럼 하루 종일 시달렸을 사람들은 모두 좀비처럼 움직이고 있었다. 하지만 공항에 들어왔다고 비행기를 탈 수 있는 것도 아니었다. 그때부터 꼬박 여섯 시간 뒤에야 출발할 수 있었다. 그 긴 시간 동안 우리가 뭘 했냐면, 얘기를 정말 많이 나누었다. 천재지변의 현장을 목격하니 새삼스레 서로가 애틋해진 데다가, 할 수 있는 게 그것밖에 없었기 때문이다.

"그런데 당신 그제, 자유 시간에 혼자 어디 갔었어?"

아빠가 묻자 엄마가 조금 머뭇거리더니 말했다.

"교토대학. 캠퍼스가 예쁘다고 해서."

"예뻐 봤자 학교지, 뭐."

아빠가 툭 한마디 던지고 나서 엄마 얼굴을 보더니 움찔했다. 엄마가 아빠를 째려보고 있었다. 아빠는 내가 또 뭘 잘못했나? 하는 얼굴이 되었다가 잠시 후, '아!' 했다. 뭔가 깨달았다는 듯이. 그러고는 고개를 끄덕끄덕. 침묵.

뭐 이런 알쏭달쏭한 대화를……. 내가 모르는 사연이 있는 게 분명했다.

"왜? 아빠 뭐 잘못한 거 있어?"

"자, 잘못은 무슨."

아빠가 살짝 더듬자 엄마가 치고 나왔다.

"옛날 옛날에 어떤 멍청한 여자가 있었는데, 교환 학생으로 교토대학에 갈 기회가 있었거든. 그런데 남자 친구가 울고불고 매달리는 바람에 그 기회를 포기했더란다."

"그 멍청한 여자가…… 엄마야? 와, 대박. 왜 그랬어?"

"그래서 니들이 태어난 거야, 인마. 내가 그때 엄마를 잡아서."

아빠가 끼어들었지만 난 못 들은 척하고 엄마에게 물었다.

"엄마, 다시 그때로 돌아간다면 아빠를 뿌리치고 여기 올 것 같아?"

"당연하지."

엄마가 일 초도 망설이지 않고 대답했다.

"그러면 아빠 대신 일본 남학생하고 연애할 수도 있었겠네?"

"연애는 됐고, 그 시절로 다시 돌아간다면 나 징말 공부 열심히 할 거 같아. 그땐 정말 아무 생각 없이 살았어. 꾀죄죄한 복학생 꾐에 넘어가서 교환 학생도 포기하고 룰루랄라 연애나 하면서⋯⋯. 어휴, 내가 미쳤지. 20년 뒤에 망해 가는 건강식품 가게나 하면서 살 줄 알았나. 딸년한테 엄마처럼 안 살 거라는 말이나 들으면서."

아빠가 애먼 종이컵을 움켜쥐었다. 엄마가 아빠 손에서 우그러져 불쌍한 신세가 된 종이컵을 빼서 테이블 위에 놓고는 아빠 손을 살짝 쥐며 말했다.

"얘가 무슨 죄가 있다고. 진정해. 당신이랑 결혼한 걸 후회하는 건 아냐. 그날 캠퍼스 돌아다니다가 학교 앞 카페에 가서 차도 마시고 예쁜 서점에도 갔는데, 예전 생각 많이 나더라구. 힘든 일도 있었고, 고민도 많았고, 후회되는 일도 있었지만 학교 다닐 때가 그래도 내 인생에서 제일 좋았던 것 같아. 죄책감 느끼지 않고 쓸모없는 일에 푹 빠지기도 하고, 어떤 것도 결정하지 않고 유예시킬 수 있는 시기잖아. 난 내 딸들의 인생에도 그런 시기가 있었으면 좋겠어. 잠시라도 제 나이에 맞는 경험과 고민을 하고 누릴 건 누렸으면 해. 그런데 다영이 그 기지배, 내가 언제 저보고 돈 벌어 오라고 했나. 우리 제대로 된 부모 맞는 거야? 자식들 돈 걱정이나 하게 하고⋯⋯. 지가 왜 등록금이 어쩌구 이런 소리를 하냐구."

엄마 눈에 눈물이 글썽해지더니 말을 맺지 못했다. 갑자기 분위기가 숙연해졌다. 나는 휴지를 꺼내 엄마에게 건넸다. 엄마가 눈가에 휴지를 대고 꾹꾹 눌렀다.

"요즘 대학이 옛날 같지 않잖아. 취업 대기소 같고. 다영이도 생각 많이 했을 거야."

아빠가 엄마 손을 감싸 쥐고 다독다독하며 하나마나한 말을 했다.

"바깥 세상이 얼마나 험악한데……. 별 이상한 놈한테 물벼락이나 맞고 정말 속상해 죽겠어."

엄마 얼굴이 일그러지고 목소리가 구겨졌다. 눈가도 다시 촉촉해졌다. 지진에도 끄떡없던 엄마가, 20킬로그램이 넘는 캐리어를 번쩍 들고 계단을 달려 내려가던 엄마가 말이다.

엄마 아빠는 아수라장인 공항 안 카페 구석 테이블에서 내 이름 같은 분위기를 연출하고 있었다. 이 장면을 기록해 두고 싶었다. 화장실에 가는 척 일어나 두 분의 사진을 찍었다. 그러고는 지난 며칠간 찍은 사진들을 하나씩 넘겨 보았다. 이국적인 풍경과 건물, 군침 돌게 하는 음식 사진 사이에서 내 사진이 나왔다. 손바닥에 노란 새를 올려놓고 활짝 웃고 있는 나. 그림책 속에서 튀어나온 것 같은 예쁜 새들이 있던, 기온 거리의 찻집에서 찍은 것이었다. 그곳에서 마신 홍차의 쌉쌀한 맛과 우아한 향이 떠올랐다. 사신을 찍어 준 찻집 주인도 생각났다. 새들이 밖으로 나갈까 봐 문여는 것도 조심하던 사람이었지. 나를 따라 나오려다 문에 끼인 연두색 카나리아는 다치지 않았는지 모르겠다.

우리는 밤 11시가 되어서야 간신히 비행기에 탑승해 서울에 돌아왔다. 언니는 많이 진정이 되어 있었고, 우리는 지옥에서 살아돌아온 것처럼 과장해서 그날의 에피소드를 들려주었다.

4

여행에서 돌아온 후 한동안 엄마는 다시 태어나기라도 한 사람처럼 행동했다.

가장 먼저 한 일은 언니와 화해를 한 것이다. 공항에서는 눈물까지 보이며 언니가 대학에 가지 않는 것을 아쉬워하더니 몇 마디로 정리해 버렸다.

"그래, 어디 너 하고 싶은 대로, 맘대로 해 봐라. 네 인생이지 내인생이니?"

그 말을 듣고도 언니가 공시 준비를 계속하는 걸 보니 나름 생각은 하면서 사는가 보았다.

그러고 나서 엄마는 아빠를 끌고 병원에 갔다. 아빠는 한동안 여러 병원을 전전하며 물리치료를 받았지만 차도가 없었고, 회사에서 한 건강 검진에서 간에 문제가 있다고 정밀 검사를 권유받았다고 한다. 아빠는 회사에 휴직계를 내고 입원해서 1박 2일 동안 검사를 받고 왔다.

엄마 아빠는 아무렇지 않은 척, 별거 아닐 거라고 말을 하지만 나는 안다. 아빠가 언젠가부터 술도 담배도 하지 않는다는 걸. 대신 한밤중에 엄마가 베란다에서 담배 피는 걸 몇 번 목격했다. 베란다 창을 열어 놓고 하늘을 올려다보며 어둠 속에 서 있는 뒷모습을 보고 있자니 엄마 마음이 조금 느껴졌다. 그런데 그게 뭔지 표현하기는 쉽지 않다. 슬프다, 두렵다, 불안하다, 막막하다…… 이 모든 의미가 담겨 있으면서도 좀더 고급스런 느낌의 단어, 그런 단어가 분명 있을 텐데. 아빠 말대로 나는 무식한 중학생이 맞는 것 같다.

여행기를 써야겠다. 끝내주게 써 봐야지. 실제보다 더 재밌고 더 스릴 있게, 드라마틱하게 써서 응모할 것이다. 혹시 알아? 간절한 마음을 담아 쓰면 대상을 타서 유럽 항공권을 거머쥐게 될지? 그러면 넷이 함께 유럽 여행을 하는 거다. 아빠의 검사 결과는 아무런 이상이 없다고 나올 것이고, '영어도 좀 하는' 아빠는 우리를 잘 이끌고 다닐 것이다. 여행하는 동안 엄마는 손에 물 한 방울 묻히지 않아도 될 것이다. 언니는 자기가 가고 싶은 곳에 먼저 가야 한다고 주장하겠지만 어림없다. 이제부터는 나도 양보하지 않을 거니까.

하지만, 그 전에 문집에 들어갈 원고부터 끝내야 하는데…… 흑.

크로아티아 괴담 투어

_김혜진

여행, 좋다. 가족— 뭐, 괜찮다. 하지만 가족 여행이라. 선뜻 고개를 끄덕일 수가 없다. 아슬아슬하게 유지해오던 균형이 깨져 굳이 알고 싶지 않았던 진실과 마주칠 지도 모르니까. 익숙한 어깨를 두드렸을 때 돌아보는 낯선 얼굴. "내가 네 엄마로 보이니?" 눈을 감아도 소용없다. 우리는 가족, 모르는 여행지에선 서로의 손을 꼭 잡고 다녀야 한다. 그런데 치를 떨며 외면하는 순간, 잡은 손 가득 전해오는 이 따스함의 정체는 뭘까.

—작가 메모

여름이었다. 엄마와 아들과 딸이 크로아티아로 여행을 떠났다. 수도인 자그레브에 도착한 가족은 에스플라나다 호텔에 체크인을 했다. 1920년대에 지어져 오리엔탈 특급열차 시대에 유명세를 떨쳤던 이 호텔에는, 특이한 규칙이 있었다.

– '그들'과 마주치면 꼭 팁을 주세요. 동전 하나여도 괜찮습니다.

아들은 웰컴 카드 마지막 줄에 적혀 있던 규칙을 읽었지만, 대수롭지 않게 생각하고 카드를 구겨 버렸다.

'그들'을 만난 것은 딸이었다. 아침 관광을 나가는 길에 조금 늦게 짐을 챙겨 나왔더니 엄마와 아들은 이미 로비로 내려가고 없었다.

"좀 기다려 주지."

딸은 투덜거리며 계단을 내려가다, 제복을 입은 사람이 계단 참 창가에 서 있는 것을 보았다. 고개를 푹 숙이고 있어 얼굴은 보이지 않았고 가슴께에 손을 얹고 있었다.

딸이 그 옆을 지나치는 순간 희미한 중얼거림이 들렸다. 딸은 놀라 뒤를 돌아보았다. 그런데 그 사람이 서 있던 자리가 텅 비어 있는 게 아닌가. 딸은 오싹한 기분이 들어 재빨리 계단을 뛰어 내려갔다.

그날 밤, 딸은 복도에서 들려오는 이상한 소리에 잠에서 깼다.

슥- 삭- 슥- 삭-

마치 빗자루로 바닥을 쓰는 것 같은 소리였다. 시계를 보니 새벽 2시였다. 이런 늦은 시간에 청소를 할 리가 없었다.

그 소리는 점점 가까워지더니 그들이 묵고 있는 객실 바로 앞에서 멈추었다. 딸깍, 잠긴 문이 열렸다.

슥- 삭- 슥- 삭-

소리가 침대로 다가왔다. 딸은 공포에 질려 눈을 꼭 감았다. 그때, 건너편 침대에서 자고 있던 아들이 몸을 일으켰다.

"이거 가지고 가 버려!"

아들은 뭔가 집어 던졌다. 그러자 그 기묘한 소리는 멈추었고 곧 문이 쾅, 닫혔다.

"방금 기억났어. 팁을 주어야 한다고 했어."

아들은 창백하게 질린 얼굴로 설명했다.

소리는 더 나지 않았지만 딸과 아들은 아침까지 잠들 수 없었다. 그사이에도 엄마는 깊게 잠들어 깨지 않았다.

"거기 복도, 양탄자였잖아. 빗자루 소리가 나겠어? 청소기 소리면 몰라도."

오빠가 핸드폰을 도로 건네며 말했다. 간만에 괜찮게 쓴 것 같아서 기분 좋았는데 꼭 초를 친다.

"약간 변형시킨 거야. 얘기가 원래 그런 거잖아."

차라리 이름을 빼고 자그레브에 있는 어떤 호텔, 이 정도로 할까. 하지만 현실감을 주려고 에스플라나다라고 이름까지 쓴 건데. 더 묘사하고 싶은 걸 참았다. 복도에 걸려 있던 흑백 사진들, 세계각 도시의 시간을 가리키는 로비의 시계들과 옛날 영화 세트장처럼 분위기 있는 객실까지, 진짜 근사했다. 첫 숙소라 무리했다고, 두 번째부터는 이렇지 않을 거라고 엄마는 말했다.

"아들이 던진 건 돈이겠지? 자다가 갑자기 돈이 어디서 나서 던져? 그리고 그게 그 존재라는 건 어떻게 알고?"

"침대 옆에, 그 스탠드 있던 탁자에 지갑을 놓았던 거야. 그리고 딸이 그 전에 얘기했겠지, 이상한 걸 봤다고."

대꾸는 했지만 기억해 놓았다. 이따 고칠 생각이다.

"그때 서운했나 보네. 아침에 안 기다려 줘서."

오빠가 짐짓 알겠다는 듯 말했다. 아니, 여기 나오는 딸은 내가 아닌데 왜 그러지. 얘기는 얘기다. 현실에서 아이디어를 얻긴 했어도 에세이가 아니라 픽션이란 말이다.

"이거 써서 뭐 하게?"

대답 안 했다. 읽어 준 건 고맙지만 시간 때우느라 하는 질문에 굳이 진짜 대답을 들려주고 싶진 않았다.

참새 두 마리가 종종거리며 벤치 쪽으로 다가왔다. 오빠는 주머니에서 생강 과자 하나를 꺼내 잘게 부수어 바닥에 내려놓았다. 크로아티아 특산품이라는 과자였다. 어딜 가나 한두 개씩 맛보라고 준다. 맛은 뭐, 평범하다.

"먹어, 이상한 거 아니야."

참새들은 오빠의 성의를 무시하고 날아가 버렸다. 오빠는 벤치 위로 몸을 늘어뜨리더니 한가로운 목소리로 말했다.

"이왕 쓰는 거 잘 써서 그 공모전 내 보면 어때. 가족 사랑, 뭐였지? 가족 사랑 여행기?"

인천공항에서 본 광고였다. 가족 사랑을 주제로 한 여행기 공모

116

전인데 대상이면 유럽 항공권에 호텔 숙박권이고, 장려상도 국내 항공권을 준다고 했다.

"거기 어떻게 내, 괴담 공모전도 아닌데. 주제가 가족 사랑이야."

"왜, 그거나 이거나 비슷한 거 같지 않아?"

오빠가 말했다. 음. 반박 못 하겠다. 그 공모전 광고에 나온 가족사진을 보고 나도 잠깐 생각했으니까. 저렇게 하하 호호 아무 걱정 없어 보이는 '화목한 가족'의 모습, 좀 소름 끼친다고.

나는 괴담을 좋아한다. 무섭고 섬뜩하고 기묘한 이야기, 논리적으로는 설명할 수 없는 일이 일어나는 이야기들을 좋아한다. 게임은 안 하지만 게임 괴담도 자주 찾아본다.

피와 살점이 튀기는 고어물과 좀비물은 못 읽는다. 미치광이나 사이코패스 이야기, 살인 이야기도 싫어한다. 귀신보다 사람이 무섭다는 건 진리니까. 너무 무서운 건 싫기 때문에 공포 영화나 공포 웹툰은 안 보고, 글만 읽는다. 웬만한 괴담 블로그는 다 봤고, 게시판 같은 데 올라오는 새 글도 찾아 읽고 있다.

들어가는 게 있으면 나오는 것도 생기는 법. 나는 괴담을 쓰기도 한다.

지금껏 완성한 게 스무 편 정도 된다. 써서 뭘 하냐면, 오빠한테 말 안 한 게 이건데, 괴담 블로그를 한번 운영해 볼까 한다. 아직은 모든 글이 비공개로 되어 있다. 영 마음에 들지 않고 비슷비슷한 거 같아서다. 괴담이 원래 패턴이랄까, 반복되는 게 있긴 하다. 그래도 새로운 요소가 있어야 독자의 관심을 끌 수 있을 것이다.

크로아티아로 여행을 간다는 말을 들었을 때 딱 생각했다. 크로아티아를 배경으로 한 괴담은 아직 못 봤다는 거, 그러니 내가 쓰면 되겠다는 것!

오늘로 여행 닷새째. 크로아티아의 수도 자그레브에서 시작해서 국립공원 플리트비체를 지나, 로마 유적으로 유명한 도시 스플리트까지 왔다. 처음 갔던 자그레브의 호텔 얘기는 일단 썼고 플리트비체도 대충 줄거리는 잡아 놨다.

플리트비체에서는 산 정상까지 차를 타고 올라간 뒤 길을 따라 걸어 내려오면서 계곡과 호수를 구경했다. 신비로운 초록빛 호수와 물속에 잠긴 하얀 나무들, 꼭 요정의 숲 같았다.

계곡 위 나무다리에 걸터앉았다가 운동화가 물에 푹 잠기는 바람에 완전 놀랐다. 물이 너무 맑아서 어디부터 물인지도 안 보였던 것이다. 그 순간 떠올랐다. 플리트비체에 왔다가 물에 홀리는 사람 이야기. 약간 처연한 스토리로 하면 잘 어울릴 것 같다.

지금 여기, 스플리트는 아직 생각 중이다.

자그레브가 옛날 영화 속 같은 느낌이고 플리트비체가 셀로판지를 대고 보는 것처럼 몽환적인 분위기라면 스플리트는 알록달록한 만화 영화 같다. 미로같이 좁은 골목들이 있긴 하지만 전체적으로 느낌이 그렇다. 너무 밝아서 괴담을 쓸 기분이 안 든달까.

그래도 어디서든 괴담 소재를 찾아내는 게 괴담 마니아의 자세 아니겠는가.

성 도미니우스 성당 종탑에 대해서 써 볼까. 입구가 엄청 좁고 가팔랐고, 나중엔 옆이 다 뚫려 바람이 쌩쌩 몰아치는 허술한 철제 계단을 기어 올라가야 했다. 아니면 기념품 가게들이 줄지어 있는 로마 황제의 지하 궁전도 괜찮을 거 같다. 밤에 홀로 불을 켜고 있는 가게? 오, 괜찮다. 이것도 메모해 둬야겠다.

"엄만 아직 검색 중? 배고픈데."

오빠가 말했다.

벌써 9시가 넘었다. 원래는 스플리트 구시가지로 가서 아침을 먹고 크로아티아에서 제일 유명한 도시인 두브로브니크로 가는 고속버스를 탈 계획이었다. 하지만 어젯밤 일 때문에 다 미뤄진 상태다.

그래, 어젯밤 이야기를 괴담 스타일로 한번 써 보자.

그가 크로아티아로 여행을 갔을 때 겪은 일이다.

비상벨이 울린 것은 그가 한참 잠에 빠져 있을 때였다. 그는 허둥지둥 건물을 빠져나왔다. 정원은 이미 사람들로 가득 차 있

었다. 이 숙소에 머무는 사람들이 이렇게 많았던가.

이상한 것은, 누구도 잠에서 갓 깬 것 같지 않았다는 것이다. 사람들은 놀란 것 같지도 않았다. 말없이 숙소 쪽을 바라보고 서 있을 뿐이었다. 숙소로부터는 비상벨이 끊임없이 울려 댔다.

그는 선 채로 깜박 졸았다. 그렇게 시끄러웠는데 어떻게 그럴 수 있었는지는 의문이다.

문득 정신을 차려 보니, 모두가 표정 없는 얼굴로 자신을 바라보고 있었다. 살아 있는 마네킹들에게 둘러싸인 기분이었다.

겁에 질린 그는 숙소로 뛰어 들어왔다. 그의 방은 1층이었고, 문은 아까 그가 나올 때처럼 열려 있었다.

문을 열어 놓았으니 무엇인가 들어왔을 것이다.

그는 방 안을 보고 비명을 질렀다.

무슨 일이 일어났냐면-

엄마의 배낭과 그 안에 들어 있던 물건들이 바닥에 내팽개쳐 있었다. 그리고 엄마의 지갑과 시계가 사라졌다. 비상벨이 울려 밖에 나와 있던 사이에 도둑이 든 거다. 숙소 주인은 뭘 해결해 줄 의지가 없어 보였다. 씨씨티비가 없다며, 지금 잃어버린 거 맞냐고, 다른 데서 잃어버린 거 아니냐고 되묻기나 했다.

불행 중 다행으로 지갑엔 현금은 별로 없었다. 엄마는 잃어버린 신용카드를 당장 정지시켰다. 비상용 카드를 따로 보관해 둔 것도 다행이었다.

그러나 모든 다행을 상쇄시키는 불행이 기다리고 있었으니.

"지갑에 여권을 넣어 두었는데."

엄마가 허망한 목소리로 말한 것이다.

해외여행 제1의 필수품, 여권. 매뉴얼대로라면 곧장 한국 대사관에 가서 임시 여권을 발급받아야 한다. 그런데 한국 대사관은 수도인 자그레브에 있다. 우리가 어제 아침 떠나온 도시에.

크로아티아는 좁고 긴 나라다.

만일 오늘 자그레브로 돌아간다면 계획이 다 엉망이 될 것이다. 버스를 5시간 타고 가서 대사관 들리면 하루가 땡. 자그레브에서 두브로브니크까지는 버스로 12시간 걸린다. 국내선 비행기가 있겠지만 어떻게 하든 길에다 시간과 돈을 쏟아붓게 되는 거다.

"두브로브니크 가려고 크로아티아 온 거나 마찬가지인데."

엄마가 입술을 깨물기 시작했다. 위험 신호다. 오빠도 그걸 느낀 게 분명했다. 오빠는 바로 핸드폰을 들어 검색을 하더니 여권 분실 당일에 신고를 하지 않아도 된다는 정보를 얻어 냈다. 여권 없이 돌아다니는 위험을 감수한다면 그냥 두브로브니크 가서 지내다가 자그레브로 돌아와 한국 가는 비행기를 타기 전에 여행 증명서를 발급받으면 된다는 거다.

"그렇게 한 사람이 있어. 블로그에 경험담 써 놨네."

오빠의 말에 엄마가 고개를 끄덕였다. 눈은 커지고 입 꼬리가 올라가려고 했다. 하지만.

"우리 두브로브니크에서 자그레브 갈 때 국내선 비행기 타기로 했잖아. 여권 없이 비행기 어떻게 타려고?"

내 말에 엄마 얼굴이 축 쳐졌다. 팔자 주름이 깊어지고 아랫입술이 늘어지고 등마저 굽었다.

말한 걸 후회했다. 그냥 모른 척 두브로브니크 갈걸. 비행기고 뭐고, 나중에 엄마가 깨닫게 놔둘걸. 괜히 뒤집어썼다.

엄마는 입술을 깨물었다가, 억지로 힘을 내듯 허리를 폈다. 나는 엄마를 읽을 수 있다. 피곤함, 짜증, 그리고 책임감.

"엄마가 좀 더 알아볼게. 너흰 바다라도 나갔다 와."

그게, 우리가 지금 숙소 앞 바닷가 벤치에 앉아서 엄마를 기다리고 있는 이유다.

여기 바다는 아주 얕다. 돌아다니며 놀기엔 좋지만 수영은 못하겠다. 맨몸으로 노는 아이들은 작은 동물 같고 바닷물은 파랗고 맑았다.

"짠!"

엄마가 벤치 뒤에서 오빠와 내 어깨를 끌어안았다. 오빠는 핸드폰을 돌바닥에 떨어트릴 뻔했다.

"심야 버스가 있어."

엄마가 신나는 목소리로 말했다. 거의, 예전 같아 보였다.

"두브로브니크에서 올 때, 비행기 말고 버스로 자그레브까지 오는 거야. 밤 10시에 타면 아침 7시 반에 자그레브 도착이야. 그럼 바로 대사관 가서 증명서 발급 받고, 바로 경찰서 신고하고, 바로 공항 가면 돼. 한국 가는 비행기 충분히 탈 수 있어!"

엄마의 말에 '바로'가 몇 번 나왔는지 세 봤다. 그 바로들 사이에 한 번이라도 삐끗하면 어떻게 될까. 어쨌든 이번엔 입 다물고 있기로 했다.

집착은 문제의 시작이다. 가지 말라는 데 가거나 갈 만한 상황이 아닌데 갔다가 시작되는 괴담이 얼마나 많은데. 맞다, 지금 이 상황은 꼭 괴담의 시작 부분 같다. 억지로 두브로브니크로 갔다간 이상한 일이 벌어질지도 모른다.

하지만 괴담에서도 불안함을 느끼는 사람 따로 있고 우겨서 일을 벌이는 사람은 따로 있다. 그리고 벌어질 일은 결국은 벌어지고 만다.

두브로브니크로 가는 버스에서도 엄마는 오빠와 나란히 앉고 싶어 했다. 또 설득 작업에 들어가고 싶은 것이겠지만 오빠가 거절했다. 결국 오빠가 혼자, 엄마와 내가 옆자리.

오빠는 바로 이어폰을 끼고 취침 모드로 들어갔다. 엄마는 못마 땅해하는 게 분명했다.

"가는 길이 엄청 예쁘다는데, 잠만 잘 거야?"

나도 슬그머니 이어폰을 꺼내 엄마에게 보이지 않는 한쪽만 꼈 다. 자려는 건 아니었다. 음악을 들으며 혼자 상상하고 생각하고 그러고 싶었다. 하지만 엄마 눈치가 보인다.

버스는 가로수가 맞닿아 있는 길을 지나 산불이 나서 다 타 버 린 것 같은 돌산을 끼고 달렸다. 가까이서 보면 바위틈마다 풀과 짙은 초록 나무들이 한두 그루씩 자라고 있었다.

"저 산 너머가 보스니아야."

엄마는 그 말을 마지막으로 눈을 감았다. 드디어 나만의 시간이 다! 이어폰을 마저 끼고 음량을 확 키웠다.

가족과 내내 붙어 있으니 불편한 점이 많다. 그래도 끼워 줬으 니 감지덕지인가. 엄마는 아니라고 하겠지만 뻔하다. 내기라도 할 수 있다. 엄마가 오빠와 둘이 갈까, 하고 한 번은 생각해 봤으리라 는 걸.

이번 여행의 기원이자 문제의 원인은 바로 오빠다.

오빠는 올해 꽤 먼 곳에 있는 기숙형 대안 고등학교에 들어갔 다. 거기 들어가려고 자기 소개서도 빡세게 쓰고 영상도 찍고 면접도 가고, 합격했을 때는 엄청 좋아하더니 한 학기도 채 지나지 않은 지난 5월, 오빠는 학교를 그만두고 싶다고 했다. 그냥 '보통' 학교에 가고 싶다는 거다. 이제 와서 중간에 입학할 수는 없으니 내년에 1학년부터 시작해야 하는데도, 그럼 일 년이 늦어지는 건데도 괜찮다고 했다.

당연히 엄마는 안 된다고 했다. 주변에서 다 걱정하고 반대하는 걸 엄마가 오빠 편을 들어주며 보낸 학교란 말이다. 엄마는 그 학교가 얼마나 좋은지, '보통' 학교들이 얼마나 별로인지, 남들과 다른 선택을 하는 오빠가 얼마나 대견하며 '특별'한지에 대해 말하곤 했다.

그런데 이제 와서 오빠가 일반 학교로 돌아오겠다고 하니 얼마나 민망할까. 문제는 오빠다. 가기 전에 잘 알아보든지, 가고 싶어서 갔으면 끝까지 하든지.

엄마는 많이 양보해서 올해까지라도 다니라고 했다. 어차피 지금 그만둬도 바로 복학은 못 하니까 반년 노느니 그냥 다니라는 거다. 하지만 오빠는 그것마저 거절했다. 왜 그만두려고 하는지에 대해서도 말 안 했다. 그냥 다니고 싶지 않다고만 하니 엄마 속이 터질 만도 하다.

갈등이 최고조로 달했을 때 이모가 여행을 제안했다. 어떤 종류의 사람들은 여행이 만병통치약이 되는 것처럼 생각하는 경향이 있고, 이모가 딱 그런 사람이다. 작년에 오빠를 데리고 태국에 갔을 때도 그랬다.

아니, 지금 생각난 건데 그때 왜 나는 안 데리고 갔지? 왜 나만 할머니네 맡겨 놨지? 엄마와 이모의 답은 뻔할 거다. 넌 너무 어렸어, 그러겠지. 이 집에서 나는 영원한 막내이고 상황을 몰라도 되는 존재니까.

지금도 그렇다. 내 역할은 방관자. 엄마와 오빠 사이의 신경전을 지켜보는 게 내 일이다. 인천공항부터 시작해서 뮌헨에서 환승할 때도, 크로아티아에 도착해서도 엄마는 틈틈이 대화를 시도하고 오빠는 철벽 방어를 하고 있다.

오빠는 도대체 왜 그 학교를 그만두고 싶어 하는 걸까? 혹시, 이상한 일이 일어났던 건 아닐까?

이현은 고등학교에 입학하여 기숙사에 살게 되었다. 기숙사는 4인실이었다. 그런데 입학 첫 주부터 이상한 일이 벌어졌다. 물건이 없어지기 시작한 것이다.

볼펜, 테이프, 비누처럼 작은 물건이 없어졌을 때는 심각하지 않았지만 에어팟이 없어졌을 때는 도둑이 든 것이 아닌가 싶었다. 그런데 막상 에어팟을 잃어버린 장본인은 태연했다.

"없어졌구나. 어쩔 수 없지."

이현은 방에서 없어진 물건의 목록을 작성하다가 이상한 점을 발견했다.

네 명 룸메이트의 물건이 하나씩 돌아가며 차례대로 없어지고 있었고, 사라진 물건의 가치가 점점 커지고 있었다. 물건을 잃어버린 장본인이 희한하게 태연하다는 것도 이상했다. 그러고 보니 이현 자신도 아끼던 운동화가 없어졌을 때 어떤 기분이었는지, 기억이 흐려진 것처럼 생각이 잘 안 났다.

그사이 한 사람의 가방이 없어졌다. 두 번째 룸메이트의 스마트폰이 없어졌다. 세 번째 룸메이트의 침대가 통째로 없어졌을 때, 다른 두 명이 말했다.

"원래 셋이었잖아. 무슨 소리 하는 거야?"

다음 차례는 나다. 생각하자마자, 이현은 기숙사를 뛰쳐나왔다.

우와, 지금껏 쓴 것 중에 제일 낫다.

"이거 좀 읽어 봐."

버스 통로 건너편의 오빠에게 핸드폰을 넘겼다. 오빠는 깨서 핸드폰을 하고 있었다.

다 읽은 오빠가 피식 웃었다.

"일단, 거기 4인실 아니었어."

"얘기야, 얘기. 그렇게 따지지 마."

"그래도 말이 안 되잖아. 침대가 없어졌을 때 사람도 없어졌다는 건데, 다음 차례에 또 사람이 없어져? 방이 없어지거나 그래야 하는 거 아니야?"

"괴담은 원래 말 안 되는 거야. 그냥 그런가 보다 하면 된다고."

논리를 따지고 진짜냐 가짜냐 따지기 시작하면 재미가 없어진다. 괴담 게시판이나 블로그 같은 데에서도 가장 초 치는 댓글이 그런 거다. 주작이다, 비논리적이다, 따지는 댓글들은 진짜 짜증 난다. 실화를 찾으려면 〈그것이 알고 싶다〉를 보면 되지. 참고로 말하면, 나는 〈그것이 알고 싶다〉도 못 본다. '진짜' 일어난 일은 너무 무섭기 때문이다.

"별일 없었어."

오빠가 말했다.

그럼 왜 그만두는데? 질문을 삼켰다. 당사자가 아닌 나조차 듣기 지겨운 질문이었다.

"그럼 그냥 타협해. 올해까지라도 다니는 걸로. 그것만 하면 엄마도 뭐라고 안 할 거 아냐?"

짜증스럽게 말이 나갔다. 이도 저도 싫다는 오빠가 어린애 같았다. 그 학교 학비부터 이 여행까지 다 엄마 돈으로 하고 있는 거면서.

오빠는 침묵했다.

나도 무슨 반응이 있을 거라고 기대하고 물어본 건 아니다. 그런데 오빠가 입을 열었다.

"이미 마음이 떠났는데 가서 뭐 해. 그리고, 다니다 보면 마음이 다시 바뀔 수도 있잖아. 그냥저냥 다니다 보면 재미있는 일도 좀 생기고, 책임감도 생기고, 친구 비슷한 것도 생기고. 그러다 보면 그냥 내년에도 있을까 싶어질 거고. 난 그게 싫은 거야."

"그런 게 바로 적응하는 거 아니야? 적응하기가 싫다는 거야?"

"그래, 그게 싫어. 안 맞아도 적응하면 맞게 되는 거, 그런 게 싫어."

여전히 잘 모르겠다. 내 오빠지만 진짜 복잡한 인간이다. 그래도 짜증나는 건 좀 사라졌다. 오빠의 말은 이해 못 했어도 '복잡한 인간'이라는 건 이해하니까. 세상에 말 되는 일만 있는 건 아니니까.

"이런 게 재밌냐, 넌."

오빠가 내 핸드폰을 가리키며 말했다. 괴담 얘기다.

"실제로 일어나면 어떨 거 같아? 그래도 재밌을 거 같아?"

"아니. 절대 싫어. 난 그냥 얘기가 좋은 거야."

괴담을 좋아하는 것과 실제로 일어나기를 바라는 것은 전혀 다른 이야기다. 나는 괴담을 읽으면서 재밌어한 다음엔 잊어버리려 한다. 너무 많이 생각하면, 너무 오래 들여다보면 빨려 들어갈지도 모르니까. 어쩌면 이상한 게 '보인다'는 건 너무 오래 봐서 그런 걸 수도 있다.

난 조금의 여지도 주지 않을 거다. 가지 말라는 덴 안 가고, 만지지 말라는 건 안 만지고, 찜찜한 사진이나 누가 버린 가구 같은 건 절대 집에 안 가지고 들어올 거다. 조금이라도 이상해 보이는 사람이 말을 걸면 바로 도망칠 거고, 사진에 이상한 게 찍히면 바로 불태워 버릴 거다!

"겁은 많으면서."

오빠가 단정 짓듯 말했다. 그러거나 말거나, 지금이 부탁할 적절한 타이밍인 것 같다.

"맞다, 오빠. 두브로브니크 가면 하고 싶은 게 있는데."

두브로브니크는 아드리아해의 진주라고 불릴 만큼 예쁘대고, 각종 영화와 드라마도 찍었대고, 뭐 여러 가지로 대단한 도시이다.

그리고 너무나 놀랍게도, 야간 괴담 투어가 있다. 이름도 찬란한 고스트 앤 미스터리 워킹 투어! 두브로브니크에 혹시나 괴담이 있을까 싶어 검색하다 얻어걸린 거다. 가이드가 두브로브니크 곳곳을 데리고 다니면서 무서운 이야기를 해 주는 투어라고 했다. 엄마한테는 아직 말을 안 했지만, 꼭 이 투어에 참가하고 싶었다.

"그러니까 제발, 오빠도 가고 싶다고 해 줘. 알았지?"

실은 허락받는 것 이상으로 오빠가, 오빠의 통역이 필요하다.

130

오빠는 설명을 듣고 어이없다는 듯 코웃음을 쳤지만 알겠다고 했다. 이 투어가 내 괴담 수집 여행의 정점을 찍을 거다. 블로그에 아예 '두브로브니크 괴담' 카테고리를 따로 만들 수도 있겠다!

꿈에 부풀었던 게 두 시간 전인데.

예상 못 한, 아니지, 실은 예상 가능했던 문제가 발생했다. 나는 방관자답게 숙소 정원의 벤치에 앉아 상황이 종료되기를 기다렸다. 벤치 위 그늘이 되어 주는 덩굴에는 키위를 닮은 열매가 달려 있었다. 저게 정말 키위일까? 키위가 저렇게 열리나……?

"그럼 이현이 네 여권으로 체크인 하겠다고 해."

엄마 목소리가 들리고, 곧이어 영어로 뭐라 말하는 오빠 목소리가 들린다.

역시 여권이 발목을 잡았다. 엄마가 예약한 숙소에서 엄마 여권을 요구한 것이다.

"예약자 이름이 달라서 안 된대."

오빠가 말했다. 예약은 엄마 이름으로 했으니 오빠 여권이 있다고 해서 해결될 일이 아니었다. 엄마가 허겁지겁 배낭을 뒤졌다.

"비행기 예약 서류에 내 이름 있잖아."

"그건 신분증이 아니라서 안 된대. 예약자 소유의 여권이 있어야 체크인 할 수 있대. 예약자가 다르면 안 된대."

오빠는 감정 없이 말을 반복했다.

"좀 얘길 잘해 봐!"

"안 된다는 걸 어떻게 해."

"그럼 방을 못 주겠다는 거야? 이미 예약금을 냈는데!"

결국 예약금을 환불받기로 하고 예약이 취소되었다. 엄마는 화난 목소리로 날 불렀다.

"이소야, 더 좋은 데 가자! 여기서 안 묵어!"

오빠는 그 말은 통역하지 않았다.

더 좋은 데고 뭐고, 기껏 올라온 비탈길을 다시 내려갈 생각에 막막했다.

두브로브니크는 바닷가에 있다. 성벽으로 둘러싸인 구시가지는 천연 요새처럼 바다에 닿아 있고, 육지와 연결된 쪽은 나지막한 스르지산과 이어져 있다. 우리가 예약했던 숙소는 산자락 동네에 있었다. 구시가지가 잘 보이는 게 장점, 경사 45도의 비탈길을 걸어 올라가야 한다는 게 단점.

"차라리 잘됐어. 여기 오르락내리락할 생각하니 까마득했어. 성 안에서 숙소 찾아보자."

엄마가 말했다. 열 받아서 도리어 기운이 나는 상태였다.

달달달, 캐리어를 끌고 비탈길을 내려와 성문으로 들어섰다. 성벽 안 둥글게 휘어진 길이 〈반지의 제왕〉에서 본 성 같았다. 속으로만 우와, 감탄했다. 입 밖에 내기엔 햇볕이 너무 뜨겁고 가방이 너무 무겁고 배도 고팠다.

우리는 광장에 펼쳐져 있는 식탁에 앉았다. 메뉴는 어딜 가나 비슷했다. 피자와 파스타가 기본이다. 크로아티아 현지식이 어떤 건지 잘 모르겠다. 미트소스 스파게티와 오징어 먹물 리조또에 베이컨 피자. 여행 와서 몇 번은 먹어 본 무난한 선택을 했다.

엄마는 계속 검색을 했지만 성수기라 남는 방이 없다고 했다.

"정 안되면 노숙이라도 해야지. 따뜻하네."

오빠는 태평한 소리를 하더니, 음식이 나오자마자 자기 몫을 빠르게 먹어 치우곤 둘러보고 오겠다며 자리에서 일어났다. 치사하다. 누군 안 둘러보고 싶어서 자리 지키고 있는 줄 아나. 엄마 옆에 남아 있는 건 또 내 몫이 되었다.

나는 엄마 얼굴의 변화를 관찰했다. 기분이 좋은지 나쁜지, 희망이 있는지 없는지, 엄마 상태를 알 수 있는 몇 가지 지표가 있다. 입을 다문 모양. 눈 밑의 다크 서클. 미간의 주름. 별로 좋지 못하다.

"다 너무 비싸다. 방이 있긴 한데."

엄마가 말했다.

하늘은 아직 파랗게 밝은데 가로등이 켜졌다. 바닥의 돌은 반짝이고 거리의 악사들은 한층 밝은 음악을 연주하기 시작했다. 대부분 관광객일 사람들은 웃고 떠들고 있었다. 모두 어디론가 흘러가는데 엄마와 나만 돌멩이처럼 가라앉아 있었다.

"엄마."

오빠가 돌아왔다. 오빠 뒤에 외국 애들 셋이 서 있었다. 여자애 하나, 남자애 둘. 선탠 한 것 같은 피부에 바랜 갈색 머리가 남매처럼 비슷했다.

"얘네 아는 숙소 있대. 여기, 성안이고 전망도 좋대."

오빠가 말을 전했다. 숙박비를 들은 엄마 얼굴이 환해졌다. 치사하다고 했던 거 취소다. 나름 신경 쓰고 있었구나 싶었다.

성안이니 쉽게 갈 줄 알았지만 계단을 피할 수는 없었다. 두브로브니크 구시가지는 가운데 큰길, 플라차 대로가 가장 낮고 성벽 쪽으로는 점점 높아지는 분지 형태였다. 계단, 또 계단. 캐리어를 든 팔에 경련이 일 정도가 되었을 때 그 아이들이 멈추었다.

두브로브니크의 전형적인 주황 기와지붕 건물이었다. 숙소는 3층. 안쪽 방에 침대 하나, 거실에 소파 겸 침대가 하나. 노란 페인트칠한 벽에는 영화 포스터가 붙어 있었다. 더러운 건 아닌데 좀 어수선했다. 생활의 느낌이 났달까.

"여긴, 사람 사는 집 같은데."

"어. 에어앤비야."

내 말에 오빠가 성의 없이 대꾸했다.

방을 소개해 준 애가 침실로 들어갔다. 침대 이불이 엉망으로 뭉쳐 있는 걸 정리하러 간 건가 싶었는데, 침대 위에 뭉쳐 있던 이불이 부스스 일어났다.

머리가 산발이 된 젊은 남자였다.

"아, 헬로."

집주인은 뻗친 머리 그대로, 벽장에서 새 이불과 시트를 꺼내 침대를 새로 정리하고 청소기로 바닥을 밀었다. 빨래도 걷고 설거지까지 하는데 괜히 멋쩍어 창밖을 보는 척했다. 건너편 집 창문의 하얀 레이스 커튼이 예뻤다.

엄마가 집주인에게 현금으로 방세를 냈다. 집주인은 서랍에서 종이를 하나 꺼내 오빠에게 주고 뭐라 말했다. 현관 비밀번호와 근처 맛집 등을 손 글씨로 적은 종이였다.

집주인과 아이들이 우르르 나가고, 오빠는 거실 소파 위에 자기 가방을 던졌다.

"내가 여기서 자면 되지?"

또 나는 엄마랑 같이다. 2:1로 나뉘는 상황에서 내가 1을 차지하는 경우는 거의 없다. 나이로 묶든, 성별로 묶든.

"이게 뭐야!"

안쪽 방에서 짐을 풀던 엄마가 외쳤다. 엄마는 여권을 손에 들고 있었다.

"맞다. 캐리어 안쪽에 넣어 놨었어. 지갑이 아니라……."

엄마는 입술을 깨물었다.

"아니야, 엄마. 잘된 거야. 아까 그 집보다 여기가 좋아. 성안이 낫지. 맞다, 비행기 아직 취소 안 했지? 비행기 타고 자그레브 가면 되잖아. 완전 좋네!"

최대한 밝게 말했다. 이런 순간에는 아무것도 모른다는 듯 행동하는 게 도움이 된다.

"현지인 집에 사는 거잖아. 특별하네."

오빠까지 한마디 했다.

"정신 얻다 두고 다니는지 몰라, 진짜. 그래. 좋게 생각해야지."

엄마는 머쓱하게 말하곤 캐리어로 눈을 돌렸다. 나는 아무도 눈치채지 못하게, 조용히 긴 숨을 내쉬었다.

거리 구경을 좀 하고 슈퍼에서 간식거리를 사서 돌아왔다. 엄마는 와인을 마시고 일찍 잠들었다.

결국 야간 투어 얘기는 아예 못 했다. 내일 저녁밖에 없는데 어떻게 말을 꺼낼까. 그냥 엄마는 안 가도 되고 오빠랑 둘만 다녀오겠다고 할까? 엄마가 허락할까?

침대는 예상보다 편했지만 잠이 안 왔다. 불빛을 가리고 핸드폰을 했다. 친구들 인스타와 페북을 쫙 돌았다. 내 이야기는 안 썼다. 원래 그런 걸 잘 안 한다.

돌아가면 여행 얘기를 하긴 해야겠지. 아마 선생님들 중 누군가가 방학 때 뭐 했는지 쓰거나 말하거나, 그런 거 시키긴 할 거다. 그냥 여기서 쓴 괴담 발표하면 안 되려나.

괴담으로 가족 여행기. 오빠 제안이지만 나쁘지 않다. 그러고 보니 가족이 나오는 괴담도 엄청 많다. 부모님이 숨기고 있는 가족의 비밀이라든지, 이사 온 집에서 생기는 이상한 일이라든지.

헉, 이거, 소재가 될 법하다. 여권을 잃어버린 줄 알았던 엄마의 착각에서 얘기가 시작되는 거다. 여권을 두고 온 바람에 비행기를 못 탔는데 그 비행기가 추락한 이야기 있지 않은가. 우리는 자그레브행 심야 버스를 타려다 안 타게 된 거니까, 그 버스에서 뭔가 사고가 생기는 거다.

아니면, 이 집과 관련이 있는 거다. 예약한 숙소에 못 가게 되었던 것은 다 이 집이 우리를 불렀기 때문이다…….

여름방학이 끝나고 학교로 돌아온 아이들은 방학 동안에 있었던 일들을 돌아가며 이야기하고 있었다. 그러나 E만큼은 어두운 표정으로 아무 말 없이 앉아 있을 뿐이었다.

–넌 뭐 재미있는 일 없었어? 맞다, 가족 여행 갔다 왔다며?

친구가 묻자 E는 몸을 부르르 떨더니 이상한 이야기를 털어

놓았다.

크로아티아의 두브로브니크로 여행을 간 E의 가족은 문제가 생겨 예약한 숙소에 묵지 못하게 되었다고 했다.

어쩌나 고민하고 있을 때 낯선 애들이 와서 말을 걸고, 자기 삼촌이 방을 숙소로 내주기도 한다며 거기로 가 보라고 약도를 주었다는 것이다. 자다 깬 집주인은 귀찮은 듯 어떻게 알고 왔느냐고 물었다고 했다.

조카가 준 거라고 약도를 보여 주자 집주인은 얼굴이 창백해지더니, 알겠다며 허둥지둥 짐을 챙겨 나갔다고 했다. 좀 이상하다고 느꼈지만 E의 가족은 그 집에 머물렀다.

숙소를 떠날 때에야 찾아온 집주인은 아무 일 없었느냐고 묻고는, 망설이듯 말했다.

– 제 조카는 3년 전에 죽었어요.

오전의 일정은 엄마가 짰다. 프란체스코 수도원과 민속 박물관은 괜찮았다. 수도원 안뜰 회랑은 고요했고 박물관 창문으론 액자의 그림처럼 주황 지붕들이 보였다. 아무렇게나 찍어도 감성 사진이 나올 풍경이었다.

점심은 집주인이 준 맛집 리스트에 있는 근처 식당을 찾아갔다. "여기 진짜 괜찮다."

엄마는 그 작은 식당을 아주 마음에 들어했다. 여태 가 본 관광지풍 식당과는 느낌이 달랐다. 깔끔하고 아늑했다. 젊은 요리사가 혼자 주문도 받고, 다 보이는 부엌에서 요리도 했다. 음식도 맛있었다. 파프리카가 들어간 스프, 라벤더 소스 양고기 스튜에 루꼴라 피자였다.

식사하는 내내 엄마는 음식과 식당 분위기를 칭찬했다. 엄마가 너무 좋아하니까 기분이 이상했다.

"나도 이런 가게 하고 싶었는데."

"그랬어? 몰랐네."

오빠가 대꾸했다. 나도 모르게 오빠 발을 툭 찼다. 오빠가 나를 흘낏 봤다.

"이런 데서 살면서, 이렇게 혼자 요리하고, 가게 꾸미고, 그러면서 살면 얼마나 좋을까."

엄마가 순수한 감탄을 섞어 말했다. 약간, 안 들은 것으로 하고 싶다. 오빠는 이번엔 아무 말도 하지 않았다.

—싹 사라지고 싶어. 존재 자체가 지워졌음 좋겠어. 처음부터 없었던 것처럼. 너희 걱정 안 해도 된다면, 당장에라도 사라지고 싶어.

엄마가 말했던 것을 기억한다. 어떤 말들은 한번 들으면 절대 지워지지 않는다. 엄마는 지금도 잘 잊히지 않을 것 같은 말들을 하고 있다.

"이런 데서 남은 인생 살고 싶어."

엄마가 진짜 이런 데 와서 산다고 하면 오빠와 나는 어떻게 되는 걸까? 전에도 엄마는 다르게 살고 싶다고 말했었다. 엄마의 그 다른 인생에 오빠와 내가 있을까? 오빠는 단호하게, 없는 게 당연하다고 했다.

―우리가 엄마의 인생인데, 다른 인생을 살고 싶으면 우리가 없어야 되는 거지.

그럼, 우리가 없는 것만으로도 엄마는 다른 인생을 살 수 있게 되는 건가. 굳이 여기까지 와서 이런 가게 안 하더라도.

"어?"

창밖을 보던 오빠가 반갑게 손을 들었다. 어제 우리에게 숙소를 소개시켜 준 아이들이었다. 그 애들도 가게 안으로 들어왔다. 식당 주인하고도 아는 사이인 모양이었다.

오빠는 자리에서 일어나서 그 애들과 말을 주고받았다.

외국인하고 서슴없이 말을 하는 거, 부럽다. 오빠는 원래 영어만큼은 잘했다. 엄마는 흐뭇하게 그 모습을 보고 있었다.

"애네가 같이 다니자는데. 갈 거야?"

오빠가 내게 물었다. 가도 되냐고 엄마한테 묻지도 않는다.

남자애 둘, 여자애 하나. 다 나보다 나이가 많아 보였다. 모르

140

지, 외국 애들 나이는 짐작할 수 없다. 표정도 읽을 수 없다. 같이 가자는 게 진심인지 아닌지 판단이 안 된다,

"아니. 그냥 엄마랑 다닐래."

"그래, 그럼."

오빠가 아이들에게 뭐라 말했고, 다 같이 우르르 가게를 빠져나갔다.

형광 연두 반팔 셔츠에 카키색 카고 반바지를 입은, 콧잔등과 뺨이 붉게 익은 곱슬머리 남자애가 나가다 말고 내 쪽으로 걸어왔다.

그 아이가 동전 지갑에서 하늘색 종이를 꺼냈다. 약간 매끈한 종이에는 손 글씨로 알파벳이 적혀 있었다.

"My Instagram. Come with us?"

그 애가 물었다. 이건 알아들었다. 고개를 저었다. 그 애는 빙긋 웃고는 미련 없이 돌아섰다.

말도 잘 못 알아듣는데 따라다니는 건 싫어서 그랬다. 걔네가 뭔가 좀 재밌는 걸 보여 줄 수도 있었겠지만, 선택은 이미 끝났다.

"우리도 슬슬 가 볼까?"

엄마가 활기차게 말하며 자리에서 일어났다. 너도 같이 가지 그랬니, 그런 말이 안 나오는 게 좀 기분이 안 좋다. 나는 당연히 엄마와 다닐 거다, 이건가?

나는 그 애 아이디를 찾아 팔로우 했다. 간간히 인스타그램을 열어 보니 거의 오 분 간격으로 사진을 올린다. 오빠 사진도 올라왔다. 두브로브니크 특유의 주황 기와지붕을 배경으로 웃고 있는 얼굴이, 너무 낯익어서 낯설었다.

엄마와 나는 걸었다. 작은 상점들마다 들어가서 구경하고 기념품을 샀다. 할머니 드릴 나무 십자가와 고모 줄 돌 조각품을 사고 생강 과자도 포장이 예쁜 걸로 골랐다. 전통 의상을 입은 인형을 하나 살까 싶어 한참 보다 말았다. 괴담을 좋아하게 된 이후로 인형은 좀 무섭다.

웃기는 건, 도시가 워낙 작으니깐 오빠네 일행과 자꾸 마주쳤다는 거다. 저 멀리에서 보이기도 여러 번이었다. 형광 연두 티가 눈에 확 들어왔다. 검은 티를 입은 오빠는 그 옆을 찾아야 보였다.

"이제 슬슬 성벽 투어 할까? 양산 있으니까 괜찮을 거 같은데."

엄마가 말했다.

성벽 위 길을 따라 걸으며 두브로브니크 전체를 한 바퀴 도는 투어였다. 성안과 바다를 동시에 볼 수 있는, 두브로브니크 관광의 하이라이트 코스라고 했다. 다만 그늘이 없기 때문에 더울 때 가면 죽음이랬다.

성벽 투어는 좋았다. 확 트인 바다는 예뻤고 도시 안쪽을 구경

142

하는 것도 재밌었다. 하얀 수건이 줄줄이 걸린 빨래줄, 열린 창문 너머로 보이는 부엌, 뒷마당의 아이 장난감들이 이 도시가 관광객을 위한 세트장이 아니라 누군가 정말 살고 있는 장소라는 걸 알려 주었다.

엄마는 끊임없이 감탄하고 사진을 찍었다. 하도 포즈를 취하라고 해서 몇 번 하다 짜증냈다.

"엄마가 포즈 취해, 내가 찍을게."

"난 잘 안 나오잖아."

엄마는 굳이 나를 세웠다. 한 번 더 반항하려다 참았다. 포즈 하나 취하는 건 뭐 어려운 것도 아니니까. 어려워서 하기 싫은 건 아니지만.

"이소야, 저기 좀 봐. 저기는 어떻게 내려가는 거지?"

성벽 아래 바닷가에 파라솔이 여러 개 펼쳐져 있었다. 카페 같았다. 바위 끝 쪽에는 수영복을 입은 사람들이 새파란 바다로 뛰어들고 있었다. 풍덩 물 튀기는 소리와 웃음소리가 성벽 위까지 들려왔다.

"진짜 자유로워 보이네. 저런 건 한 번도 못 해 봤어."

엄마가 말했다. 이거 좀 불안하다. 아까 식당에서와 비슷한 상황이었다. 좋은 걸 너무 많이 보면 도리어 좌절감을 느낄 수도 있다. 행복한 기분이 불쾌한 박탈감으로 변하는 건 순간이다.

"엄마도 해 봐, 그럼."

말하면서도 터무니없다고 생각했다. 뭘 말할지 모르겠을 때 나오는 하나마나한 말. 차라리 괴담 소재를 생각하는 게 낫겠다. 카페를 찾아 성벽을 내려갔는데, 아무리 내려가도 저 카페는 나오지 않고 낡아빠진 음침한 카페가 나오는 거다……

"바다로 들어가 볼 수 있나요?"

그녀가 묻자 야외 테라스에 나와 있던 카페 주인이 대답했다.

"물론입니다. 여기 오는 손님들은 다 바다에 들어가곤 한답니다. 아주 시원하지요. 참, 신발을 벗어 두는 걸 잊지 마세요."

그녀는 운동화를 벗어 테이블 밑에 두고 바위 끝으로 걸어갔다. 바다는 한없이 파랬다.

바다로 뛰어들기 전, 그녀는 문득 뒤를 돌아보았다. 카페 주인이 희미한 미소를 띠고 그녀를 바라보고 있었다. 그 뒤 열린 문 안으로 커다란 진열장이 보였다. 칸마다 돌아오지 않는 주인을 기다리는 신발들이 꽉 차 있었다.

양산을 쓰고 돌았는데도 나중엔 햇빛 때문에 어질어질할 지경이었다. 엄마와 나는 성벽에서 내려와 그늘 아래 카페 탁자에 앉았다. 벽에 기대자 서늘한 기운이 맨팔을 타고 스며들었다.

외국 관광객들의 옷차림은 신기하다. 짧은 핫팬츠와 나시 티. 붉게 태운 몸. 선글라스. 지저분하게 탈색된 것 같은 머리. 그러다 엄마를 보면, 하얀 린넨 셔츠에 베이지색 칠부 바지, 하얀 벙거지 모자에 가려진 얼굴. 붕 떠 있고, 여기 존재하지 않는 것 같다. 유령처럼.

엄마는 무슨 생각을 하고 있을까, 생각하다 말았다.

─이소야, 그냥 넌 너대로 잘 지내면 돼. 엄마 너무 신경 쓰지 말고.

이모는 말했다. 그렇게 안 되는 거, 누구보다 이모가 잘 알면서. 이모도 엄청 신경 쓰고 있으면서. 같이 사는데. 엄만데. 함께 있지 않을 때도 생각을 멈추기 힘든데. 그러니까, 가족인데.

내 레모네이드와 엄마의 보스니안 커피가 나왔다. 작은 금속 주전자에 든 커피와 잔, 굵은 설탕과 네모난 젤리였다. 그 젤리가 〈나니아 연대기〉에 나오는 터키시 딜라이트라고 엄마가 알려 주었다. 너무 달아서 별로였다. 엄마도 단 것은 좋아하지 않지만, 커피가 진해서 어울린다고 했다.

엄마는 지나가는 사람들을 보고 있었고, 나는 버릇처럼 인스타그램을 열었다.

어, 아까 그 애가 라이브 방송을 했나 보다. 아까는 없던 빨간 동그라미 라이브 표시가 떴다. 20분 전에 끝난 라이브였다.

무음으로 바꾸고 방송을 눌렀나. 흔들리는 화면으로 활짝 웃는 아이들 얼굴이 보였다. 오빠의 웃는 얼굴도 스쳐 지나갔다. 배경은 파란 바다였다.

화면이 바다로 고정되었다. 그러더니, 한 아이가 바위 위에서 몸을 날려 바다로 훌쩍 뛰어들었다. 저절로 입이 벌어졌다. 뭐야, 수영복도 안 입고? 저기 그냥 바다인데? 그다음 애도 웃긴 포즈를 취하더니 입수를 했다.

설마, 설마.

이제 화면에 잡힌 것은 오빠였다. 오빠는 뒤로 한 걸음 물러서는가 싶더니 앞으로 휙 달려 나왔다. 그대로, 바다로 풍덩!

"악!"

나도 모르게 소리를 질렀다.

"왜 그래? 무슨 일이야?"

엄마가 놀라 물었다.

"아니, 아니야."

어느새 영상은 끝나 있었다. 다시 처음부터 봤다. 오빠가 바다로 뛰어드는 데서는 똑같이 입이 벌어졌다. 오빠와 바다에 들어간 아이들이 물속에서 손을 흔드는 것이 영상의 끝이었다.

미쳤나 봐, 정말. 진짜 바다에 들어간 거야? 저기 되게 깊은 데 아니었어? 옷도 그냥 입고서? 신발도 신고 들어간 거 같은데?

아무것도 모르는 엄마는 시계를 보고 나를 재촉했다.

"일단 숙소로 가자. 이현이가 6시까지 온다고 했어. 가서 좀 쉬다가 같이 저녁 먹으러 나가자."

오빠는 숙소에 먼저 들어와 있었다. 머리가 젖은 채였다. 샤워했다고, 아무렇지 않게 말했다. 베란다 빨랫줄에는 젖은 옷이 걸려 있었다.

물어봐야 하는데 말이 안 나왔다. 아까 그 사람이 정말 오빠가 맞나? 오빠가, 그런 일도 할 수 있는 사람이었나? 거의 배신감에 가까운 느낌이었다. 괴담보다도 더 소름 돋는다.

뭐라 설명하기 힘든 억울함이 밀려왔다. 아니면 초조함이. 오빠 혼자 멀리 다른 곳으로 가고 있는 것 같았다.

오빠가 머리를 말리다 말고 내게 말을 걸었다.

"맞다, 너 그 고스트 투어 있잖아. 마크가 그 가이드를 안대. 예약해 달라고 해 놨어. 진짜 갈 거지?"

"정말! 완전 고마워!"

배신? 내가 배신이라고 했던가? 백번 배신해도 된다! 마크는 이 집을 소개시켜 준 집주인 조카이자 내게 인스타그램 아이디를 알려 준 그 애라고 했다. 어젯밤 쓴 이야기에서 유령으로 만든 것에 대해 속으로 사과했다.

"돈은 현금으로 지불하면 된대. 일인당 20유로. 시작 시간은 7

시 반이고."

"어, 알고 있었어!"

엄마는 마뜩잖아했지만 내 몫으로 남은 선물비를 몽땅 포기하겠다고 하자 허락했다. 엄마는 당연히 자기도 같이 간다고 생각하고 있었다.

모이는 장소는 북쪽 문에서 15분 정도 떨어진 공동묘지였다. 저녁은 다녀온 다음에 먹기로 하고 일찍 나섰다.

공동묘지로 향하는 길은 한적했다. 소음과 불빛이 점점 멀어졌다. 그들은 말없이 걸었다. 그때, 골목 사이 그늘로부터 한 사람이 나타났다.

"오늘 저와 함께 어둠 속을 탐험하실 분들인가요?"

검은 드레스에 검은 베일이 달린 모자를 쓴 여자였다. 팔목까지 오는 검은 레이스 장갑을 끼고 랜턴을 들고 있었다.

"저를 따라오세요."

여자는 랜턴을 들고 앞서 걷기 시작했다…….

어두워야 어둠 속을 탐험하든지 하지. 멘트는 그럴듯한데 여름 7시 반은 괴담 투어를 시작하기엔 좀 이르다. 게다가 가이드도 일찍 만나는 바람에 7시 15분밖에 안 되었다. 원래 만날 장소는 구시가지 바깥 서쪽에 있다는 공동묘지 입구라서 구글 맵을 보며 가고 있었는데, 가이드가 어떻게 알아봤는지 우리에게 다가와 고스트 투어 하러 온 거냐고 물어봤다.

우리야 가이드를 한눈에 알아봤다. 코스프레 한 것처럼 옷과 모자를 갖춰 입고 화장도 고딕풍으로 진하게 한 여자였다. 랜턴을 든 손에는 까만 네일까지 했다. 날만 어두웠다면 모습만으로도 으스스할 것 같았다.

투어에 참가한 건 우리 가족 셋뿐이었다. 번역기 돌려서 본 투어 설명에는 꽤 인기 있다고 되어 있었는데, 번역기가 잘못 알려줬나 보다.

가이드는 우선 핸드폰을 모두 끄라고 했다. 갑자기 벨이 울리면 곳곳에 잠들어 있는 영혼들을 깨울 수도 있다는 것이었다.

"좀 오글거린다, 야."

오빠가 내 쪽으로 고개를 돌리고 말했다. 그건 나도 마찬가지였다. 내가 우겨서 하게 된 거니까 중간은 되어야 하는데 시작이 영 별로였다.

게다가 얘기도 무섭지가 않았다. 베니스랑 관계가 어땠고, 중세 시대 정치가들이 어쩌고. 문화가 다르니까 괴담 스타일도 다른 걸까. 반역을 시도했다가 사형당한 사람, 로미오와 줄리엣처럼 앙숙 가문 출신끼리 사랑에 빠졌다가 비극적으로 죽은 연인들……. 받아 적으면서도 시시했다.

사실 제일 큰 문제는 오빠였다. 가이드는 때론 속삭이고 때론 목소리를 높이면서 분위기를 잡는데 오빠는 시종일관 똑같은 어조로 통역을 했다. 가이드도 답답해하는 눈치였다.

"그래서 저 해변에 가끔 유령이 나온대."

저 말을 저렇게 무미건조하게 하냐. 아주 기본이 안 되어 있다. 저기, 바위 위에! 하고 깜짝 놀라게는 해 줘야지.

가이드는 열심이었다. 갑자기 쉿! 하면서 어느 집 열린 대문으로 들어가라고도 하고, 아무 말도 말고 가만히 있으라고도 했다. 이야기보다 그런 게 차라리 재밌었다.

"1990년대 초에 유고슬라비아 내전 때 일이래. 두브로브니크도 폭격을 당했는데……."

오빠가 말했다. 이제 구시가지로 들어온 참이었다. 해도 어느 정도 저물어 어둑어둑해졌다. 가이드는 인적이 없는 골목 안 어느 집 앞에서 이야기를 시작했다.

"어느 집에서 키우던 개가 자꾸 짖어서 밖에 나왔는데, 그때 포탄이 그 집에 날아와서 벽이 거의 무너졌대. 집에 있었으면 죽을 뻔한 거지. 근데 그 개는 파편에 맞아 죽고 말았대."

"어떻게 해, 불쌍해라."

엄마가 말했다. 의외로 엄마는 이 시간을 즐기는 것 같았다.

"그래서, 지금도 이 집 앞을 지날 때면 개가 짖는 소리가 나곤 한대. 들어 보래."

오빠가 설명을 끝마치자 가이드가 조용히 하라는 손짓을 했다.

골목 끝 큰길에서 사람들이 떠드는 소리가 하나로 뭉쳐 들려왔다. 먼 소음들과 가까운 고요 사이에, 컹컹 하고 나지막한 강아지 소리가 들렸다.

"들었어? 들었지!"

엄마가 내 팔을 잡았다. 글쎄, 강아지 키우는 집을 알아 놓고 지어낸 이야기 같다. 괴담 전문가로서 하는 말이다.

오빠는 연기는 안 해도 내용만큼은 성실하게 통역을 해 줬다. 딱 하나만 빼고. 플라차 대로가 내려다보이는 윗길의 커다란 나무 아래에서 가이드가 한참 얘기를 했는데, 끊지 않고 듣기만 하더니 간단히 말하고 말았다.

"그냥 이 나무 근처에 나오는 유령 얘기야."

너무하다 싶었지만 슬슬 힘든가 보다 싶어서 그냥 넘어갔다.

이야기는 그게 마지막이었다. 가이드는 처음 만났을 때처럼 어둠이 어쩌고 저주가 어쩌고 하는 엄숙한 인사를 건네고는 좁은 골목으로 휙 들어갔다. 아무래도 막다른 길 같은데, 분위기 내려고 그런 것 같았다. 우리가 갈 때까지 그늘에 숨어 기다릴 거라 생각하니 좀 웃겼다.

"생각보다 재밌었어. 밤 투어도 좋네."

엄마가 기분 좋게 말했다. 좋으면서도 불안했다. 이렇게 좋은 분위기가 계속될 리가 없다는 생각 때문이다. 더 오래 지속될수록 더 많이 불안해지는 것이다.

저녁은 숙소 오는 길에 케밥을 사 와서 집에서 먹었다. 오빠는 케밥 먹을 때부터 핸드폰을 하더니, 내가 먼저 씻고 나왔는데도 여전히 식탁 앞에 앉은 채로 핸드폰을 보고 있었다.

"현이 안 씻어? 엄마 먼저 씻는다, 그럼."

엄마가 욕실에 들어서자 오빠가 나를 올려다보았다. 굳은 얼굴이었다. 설마. 한국에서 무슨 연락이 왔나? 몇 가지 가능성이 스쳐 지나갔다. 설마, 아빠가?

"너, 진짜 괴담이라도 괜찮아?"

오빠가 물었다. 아, 아니구나. 안심했다. '진짜' 심각한 건 아닌 거다. 괴담 정도라면 괜찮다.

"왜. 아까 투어할 때 뭐 봤어? 유령은 아니겠지?"

"그게 아니라…… 마크가."

오빠가 숨을 들이마셨다.

"아까 전화 무음으로 해 놔서 몰랐는데 마크가 전화 몇 번 했더라고. 문자도 보냈고. 방금 보니까, 왜 안 나오냐고, 투어 취소하는 거냐고 묻는 거였어."

"무슨 소리야? 우리 투어 하고 왔잖아."

"그러니까."

오빠가 침을 삼켰다.

"마크가 투어 가이드랑 같이 우리를 기다렸대. 투어 하러 온 다른 사람들까지, 십 분 넘게 기다렸다는 거야. 그런데 안 와서 그냥 출발했대."

이해가 안 된다. 투어 다녀왔는데? 다른 사람들은 또 뭐고? 우리 셋밖에 없었는데.

"그러니까 우리가 같이 다닌 가이드가……."

그때 욕실에서 쾅 소리가 났다. 나도 모르게 꺅 비명을 지르며 오빠를 붙들었다.

"아, 미안! 샤워기 떨어트렸어! 별일 아냐!"

엄마의 밝은 목소리가 뒤따라왔다.

"엄마한테는 말하지 말자."

오빠가 중얼거렸다.

엄마가 바로 나왔기 때문에 우리는 아무렇지 않게, 평소처럼 행동했다. 하지만 생각하지 않으려고 해도 자꾸 생각이 났다. 우리를 데리고 다닌 가이드는 누구였을까? 설마 유령? 유령이라는 게 그렇게 현실감 넘치는 존재였단 말인가? 그러고 보니 홈페이지에 나온 집합 장소에 채 가기도 전에 나타났던 게 이상했다. 참가자

가 우리뿐인 것도 이상했다. 우리만 유령에 홀려 다른 길을 돌았
던 거다.

　제대로 못 잤다. 자다 깨다, 소름끼치는 꿈만 꿨다. 오빠도 그런
게 분명했다. 진짜 괴담을 겪는 건 예상만큼 아주 짜릿한 일이 아
니었다. 이야기로 쓸 기분도 안 생겼다.

　자그레브로 돌아가는 비행기 시간은 늦은 오후였다. 마크네 삼
촌은 체크아웃 시간은 상관없으니 편하게 있다 가라고 했고, 우리
는 점심까지 두브로브니크에서 먹고 출발하기로 했다. 오전에는
스르지산 케이블카를 탔다. 산 정상에선 두브로브니크 성 전체가
보였다. 햇빛 아래 빛나는 주황 지붕들보다 그늘진 골목들이 더 뚜
렷하게 눈에 들어왔다.

　"둘 다 왜 이렇게 조용해? 아쉬워서 그래?"

　엄마가 우리에게 물었다. 두브로브니크에서의 마지막 식사를 하
러 엄마가 반한 식당에 온 참이었다. 생선구이와 미트소스 파스타
에 어제 먹었던 양고기 스튜까지, 여전히 다 맛있었다. 그러나 맛
있다고 생각하는 건 한쪽 머리고, 다른 쪽은 여전히 물에 잠긴 것
처럼 멍했다.

　"아니, 좀 잠을 설쳐서."

　오빠가 말하고 나는 고개만 끄덕였다. 우리는 절대, 엄마에게

말하지 않을 것이다.

그 여자를, 유령을 발견한 건 오빠였다. 엄마가 아직 계산하고 있을 때, 내가 식당 입구에 장식된 뜨개 액자를 보고 있을 때였다.

문을 나섰던 오빠가 뒷걸음쳐 내게 부딪쳤다.

"아, 왜 그래?"

오빠는 날 돌아보지 않았다. 이상한 생각이 들어 오빠의 시선을 따라갔다. 골목 조금 위쪽, 벌써부터 찌를 듯한 햇살을 피해 그늘에 서 있는 저 희미한 형상은.

"가자아―"

엄마가 밝게 말하며 우리 앞으로 나섰다.

"어?"

엄마도 그 여자를 봤다. 엄마는 반가운 듯 손을 들었다. 그 여자의 창백한 얼굴이 이쪽을 향했다. 나는 반사적으로 엄마 팔을 붙들었다.

"엄마!"

그런데, 그 여자도 웃었다. 그늘에서 한 걸음 걸어 나와서 우리를 향해 손을 흔들었다. 햇빛 속에 선 여자는 방금 전처럼 희미해 보이지 않았다. 그림자도 분명히 있었다.

"뭐야. 사람인 거 맞지?"

오빠가 내 옆에서 속삭였다.

그때 식당 주인이 가게 밖으로 나가서 그 여자에게 뭐라 말하기 시작했다. 험악한 분위기였다. 그 여자는 높고 빠른 말투로 와다다 말을 쏟아 낸 다음 길 위쪽으로 가 버렸다.

"우리, 사기꾼에게 속은 거 같아."

가게 주인에게 얘기를 들은 오빠가 말했다.

"그 고스트 투어가 잘되니까 손님 가로채서 가이드 하는 사람이 생겼었대. 저 사람도 그래서 문제가 있던 사람인데 한동안 안 보이더니 어제 또 그런 거 같대. 저 사람 말론, 자기도 예약 손님 있어서 가이드 한 거라고, 서로 착각한 거라고 했다는데, 변명이겠지."

"그래? 그래도 재밌었으니 됐지."

엄마는 가볍게 받아들였다.

유령이 아니었다. 안도감이 먼저, 그리고 뻔뻔한 아쉬움이 뒤따랐다. 이게 진짜였으면 실화 경험담을 쓸 수 있는 건데!

집주인, 마크네 삼촌이 우리를 두브로브니크 공항까지 태워다 주기로 했다. 마크와 아이들이 우리를 배웅했다. 오빠는 손을 흔들어 인사했다. 되게 미련 없어 보였다. 어제 바다에도 함께 뛰어든 사이면서.

일찍 온 편이라 탑승구 앞에서 기다려야 했다. 엄마는 졸리다며 긴 의자에 누워 모자로 얼굴을 덮었다. 평소 같으면 질색하고 자리를 옮길 오빠인데 웬일로 그냥 앉아 있다.

"그 가이드, 진짜 웃기다. 그럼 그 사람이 한 이야기도 다 가짜인 거 아니야?"

기껏 열심히 기록해 놨는데 가짜라면 기운 빠지는 일이다.

"가짜여도 별로 상관없지 않아? 괴담이라는 게 그렇다며. 말이 안 되어도 그러려니 하는 거라며."

오빠가 말했다. 허를 찔린 기분이었다.

"이게 더 무섭지 않아? 이런 게 매일 세 통씩 온다고."

오빠가 핸드폰을 내밀었다. 발신인은 이모.

엄마 괜찮니?

여행 온 뒤로 계속 보낸 모양이었다. 아침 점심 저녁, 꼬박꼬박, 오빠는 괜찮아, 좋아, 잘 있어, 별일 없어, 다양하게도 답을 했다.

"와, 나 같으면 차단했어. 아니면 그냥 ㅇ 하나만 찍거나."

"귀찮긴 해. 그래도 고맙지, 사실. 같이 감당해 주는 거잖아."

약간 머쓱해졌다. 그렇겐 생각 안 해 봤다.

"넌 괜찮아? 엄마."

오빠가 물었다. 이런 질문, 해도 되는 건가.

"익숙해진 거 같아. 그런가 보다 해."

반만 사실이었다. 그렇게 생각하는 게 마음 편하다. 하지만 자연스럽게 되지는 않았다. 계속 엄마 반응을 살피고 말하지 않아야 할 것을 골라내야 한다.

"오빠는?"

내 질문에 오빠는 입술을 만지작거렸다. 하얗게 튼 입술이 아파 보였다.

"어제, 그 가짜 가이드가 한 얘기 중에서, 그 나무 밑에서 했던 얘기 기억나? 거의 마지막에 한 건데."

"오빠가 통역 제대로 안 한 거?"

"어, 그거."

오빠는 그 이야기가 뭐였는지 말해 줬다. 애인에게 배신당하고 우울증에 걸려 그 나무에 목매달아 자살한 사람의 유령이 종종 나타난다는 이야기였다. 왜 통역 안 했는지 알겠다. 엄마에게서 떨어 트려 놓고 싶은 몇 가지 키워드가 종합적으로 들어 있는 얘기였다.

"굳이 상기시킬 필요는 없잖아."

오빠가 비행기 표를 둥글게 말았다가 펴며 말했다.

오빠도 나와 같구나. 우리가 이렇게 엄마를 신경 쓰고 있다는 걸 엄마는 알까? 모를 것 같다. 문제의 중심에 있는 사람은 가장자 리를 볼 필요도 여유도 없을 테니까.

입 밖에 낸 적 없어도 우린 약속한 듯 알고 있다. 엄마를 모른

척해 주자. 아무 일도 없는 것처럼 해 주자. 괜찮은 척. 큰일이 아 닌 것처럼. 엄마가 조금 아프구나, 힘들구나, 그 정도로만 생각하 고 행동하자.

사실 정말로 큰일이 아닐 수도 있다. 우울증은 현대인에겐 감기 처럼 흔한 거고, 갱년기에 아빠 문제가 겹친 걸 생각하면 이 정도 여서 다행일 수도 있다. 우리가 모르는 다른 이유들이 있을지도 모 르지만, 모르는 데에는 그 나름의 이유가 있는 것이다.

모르는 게 낫다고 이모도 말했다. 엄마도 그걸 원할 거라고. 엄 마가 우리 앞에선 괜찮은 척하고 싶은 거라면, 얼마든지 맞춰 줄 수 있다. 그게 엄마가 원하는 거라면.

답을 모르는 게 나은 수수께끼. 뭔가 이상한 걸 알면서도 살 수 밖에 없는 집. 그런가 보다, 하고 받아들여야 하는 이야기. 정말로 괴담 같다. 어쩌면 모든 가족 이야기는 괴담일지도 모른다.

"나 진짜 그 공모전 내 볼까. 괴담 스타일로."

"그거, 가족 여행기? 그래, 해 보라니까. 네가 처음에 보여 준 거 말이야, 자그레브 호텔 얘기. 거기 보면, 엄마가 자고 있었다, 이렇게 끝나잖아. 그게 진짜 우리 가족 얘기던데."

우리는 엄마를 바라보았다. 엄마는 자고 있고, 무슨 일이 일어 나는지 모르고, 우리는 말하지 않을 거고. 오빠가 같은 처지라 생 각하니 덜 갑갑했다. 이 괴담 속 등장인물은 나 혼자가 아니다. 그게, 인심이었다.

"이모 얘기도 넣어 줘. 문자 백 통 채워서 내가 미치는 걸로."

오빠는 핸드폰을 흔들었다. 좀 웃겼다. 오빠도 웃었다. 엄마를 깨우지 않을 정도로만, 적당하게. 웃으면서 생각했다. 오빠가 바다에 뛰어든 얘기를 안 하는 것도 받아 줄 수 있다고. 그런가 보다, 덮을 수 있다고.

웃고 나면 늘 그러듯이 뻘쭘한 침묵이 흘렀다. 오빠가 침묵을 밀어내듯 뜬금없이 말했다.

"소재 하나 더 줄까? 나, 학교 이야기. 아무에게도 말 안 한다고 약속하면 얘기할게. 왜 그만두려는지."

"엄마한테도?"

오빠는 고개를 까딱했다. 또 '엄마한텐 말하지 말자' 종류란 말인가. 나만 알면 뭐 달라질 것도 없는데. 그래도 듣고 싶긴 하다.

"영상 수업이 있었어. 일주일에 한 번. 처음엔 사진으로 자기 주변 찍고 그런 걸 하다가 조를 짜서 영상을 만들기로 했어. 우리 조는 학교 사용법이라는 제목으로 학교 소개 영상 같은 걸 찍기로 했는데……. 거기 뭔가 찍힌 거야."

"뭐?"

내 목소리가 너무 컸다. 엄마가 움찔하고 등받이 쪽으로 돌아누웠다.

"……여자애였어."

팔에 소름이 쫙 돋았다. 오빠는 말 안 하기로 한 약속을 깨고 있는 거라며, 절대 어디 가서 말하지 말라고 했다. 아니, 오빠는 약속했으면 약속을 지켜야지, 왜 나한테 말하고 그러냐. 말해서 문제가 생기면 어쩌려고!

"그리고 사실은…….."

오빠가 허리를 굽히며 목소리를 낮췄다. 나도 엉겁결에 몸을 구부렸다.

"계속 보여, 그 여자애가."

"뭐? 학교 말고도?"

"그래. 사실은 플리트비체랑 스플리트에서도 봤었어."

"거짓말이지?"

소리가 덜덜 떨렸다. 오빠의 눈이 커졌다.

"지금 너 뒤에!"

"꺅!"

나는 소리를 지르며 무릎 위에 머리를 박았다.

"왜! 무슨 일이야!"

엄마가 놀라 외치는 소리를 듣고서도 일어날 수 없었다. 오빠가 대신 대답했다.

"몰라. 뭐 무서운 생각 했나 봐."

오빠는 등을 툭 쳤다. 그리고 웃겨 죽겠다는 목소리.

"바보야, 뻥이야."

"정말?"

내 목소리엔 울음이 섞였다.

"진짜야, 그런 거 없었어. 그럴듯했지?"

나는 조심스레 몸을 일으켰다. 뒤돌아보기가 겁났다. 엄마는 몸을 일으킨 채 하품을 하고 있었다. 여전히 잠 속에 있는 것 같은 얼굴이었다.

오빠는 웃음기 남은 얼굴로 말했다.

"아주 단순한 거야. 아침에 학교를 가는데…… 거기 나무가 많거든. 나무를 보는데, 막 새잎이 자라고 있는데, 인간은 나뭇잎이구나, 그런 생각이 들었어. 작게 솟아나서, 커지고, 짙어졌다가, 여름 한철 지나고 나면 색이 바래고, 그러곤 떨어지잖아. 누군가의 책갈피가 될 수도 있겠지. 그래도 그게 끝이라는 사실은 변하지 않아. 어떤 나뭇잎은 너무 빨리 떨어지고. 어떤 건 말라비틀어질 때까지 남아 있기도 하고. 그게, 계속 반복되잖아. 그런 게 인생이구나. 그러니까, 그냥, 나도 그렇게 살고 싶었어. 나뭇잎처럼."

"그게 뭐야……."

오빠도 참, 오래도 봤구나. 너무 오래 봐서 이상한 생각까지 하도록. 그리고 그게 당연한 건지도. 세상에 이상하지 않은 것은 없

162

으니. 다시 한번, 그런가 보다를 적용할 때다.

엄마는 잠에서 덜 깬 얼굴로 멍하니 우리가 말하는 걸 보고 있었다. 오빠 이야기를 들었는지는 모르겠다. 어쨌거나 오빠는 이유를 말했고, 여행의 목적은 이뤄졌다.

탑승 시간이 가까워졌다. 우리는 짐을 챙겨 줄에 섰다. 자그레브로 가서 하룻밤 더 머무를 건데도 이미 여행이 다 끝난 기분이었다.

놀란 가슴이 서서히 진정되면서, 오빠가 한 얘기도 괴담 여행기에 포함시킬까 싶어졌다. 근데, 객관적으로 보면 진짜 뻔한 얘기 아닌가. 이렇게 단순하고 식상한 스토리에 속아 넘어가다니 자존심 상한다. 나 같으면 그 여자애의 사연을 넣을 거다. 예를 들면, 그 학교 전교 1등이 있고, 그 여자애가 2등이었는데······.

갑자기 엄마가 말했다.

"그런데 말이야, 그때 그 밤에 한 투어. 그 가이드가 가짜였다고 했잖아. 그때 우리랑 같이 돌았던 가족들도 가짜라는 거 알았을까? 그냥 속은 채로 돌아간 거 아니야?"

"무슨 가족?"

"거기, 외국 가족 있었잖아. 아빠랑 엄마랑 어린애랑. 일곱 살? 그래 보이던데, 어린애가 무슨 그런 투어에 왔을까 몰라. 혹시 걔가 너무 무서워할까 봐 자꾸 확인했잖아. 뭐 별로 무서워하는 것 같진 않더라⋯⋯."

분명 그 투어엔 우리 셋밖에 없었다. 엄마는 도대체 무슨 소리를 하는 걸까?

오빠가 내 가방 끈을 꽉 잡아당겼다. 무슨 뜻인지 확실히 알겠다. 엄마에게는 말하지 말자.

"글쎄. 알았는지 모르겠네."

티가 안 나길 빌며 대꾸했다.

아무래도 이 여행기는, 못 쓸 거 같다.

비바 라 비다
(Viva La Vida)

_임어진

여행을 같이 해 보면 그 사람의 새로운 면을 알 수 있다고 한다. 가족 여행에는 해당이 안 되는 말 같다. 가족은 여행지에서도 평소와 똑같아서다. 그럼에도 좋은 여행지를 보면 가족과 가고 싶어진다. 행복하게 해 주고 싶고, 행복해하면 나 역시 행복하기 때문인가 보다. 여행 지도 보는 걸 좋아하는데, 여행길이 닫힌 시간이 이 년째 이어지고 있다. 이 이야기를 쓰며 갑갑함을 떨치고 스페인의 중세 도시를 마음껏 활보해 보았다.

_작가 메모

상점에 진열된 강철 검들이 여름 한낮의 햇볕을 받아 뜨겁게 달아 있었다. 지역 특산품들을 파는 상점들이 줄지어 선 좁다란 골목들은 분위기가 모두 비슷비슷했다. 벌써 몇 번째 엉뚱한 골목으로 들어섰는지 모른다. 중세 시대 때부터 변치 않는 모습이었다는 소도시 골목들은 여기가 거기 같고 거기가 여기 같았다.

톨레도 언덕에 서서 도시를 감싸고 흐르는 타호 강의 멋진 모습에 감탄한 것도 잠깐이었다. 가슴까지 시원하던 기분은 금세 사라지고 복잡한 골목의 낯선 간판들만 눈앞을 어지럽혔다. 지구를 한눈에 꿰뚫고 있다는 구글 지도 앱으로도 완벽하게는 해결이 안 됐다. 앱은 무슨 심보인지 필요할 때면 뱅글뱅글 돌며 로딩 중 표시를 했다. 갈피를 못 잡는 꼴이 시금 내 처시와 다를 바 없었다.

아버지는 미간을 찌푸린 채 한참 들여다보더니 핸드폰 든 손을 내리며 걸음을 멈췄다.

"그냥 눈에 띄는 데 들어가자. 뭘 먹든 점심 한 끼지, 맛있다고 두 끼 먹겠냐. 식당 찾다가 시간 다 가겠다."

꼭 들러야 할 핫플레이스라고 누나가 누누이 알려 준 식당들은 쉽게 눈에 띄지 않았다. 아버지가 이 정도 애를 쓴 것만도 사실 대단했다. 나 역시 허기를 참아 가면서까지 식당을 고르는 맛집파는 아니었다.

시간은 벌써 점심때를 훌쩍 지나 세 시에 가까워지고 있었다. 아버지가 톨레도 대성당에 산토 토메 미술관까지 오전 일정을 무리하게 잡고 모조리 다 데리고 다닌 결과였다.

"저기 식당."

어디든 들어가 앉고 싶었다. 스페인에 도착한 어제부터 너무 많이 걸어 다니고 있었다. 마침 눈에 띈 골목 파스타 집은 아쉽게도 문이 닫혀 있었다. 골목을 빠져나와 큰길 쪽을 둘러봐도 길목에 있는 식당들이 어쩐 일인지 다 문을 닫고 있었다.

"아니, 이 나라 사람들은 점심시간까지만 일을 하나? 왜 벌써 문들을 닫는 거야?"

허기가 밀려와 음식들이 눈앞에 어른거리는 통에 아버지 얘기는 제대로 들리지도 않았다.

"이윤후, 여기 식당들 왜 벌써 문 닫는지 지나가는 사람한테 좀 물어봐."

그런 정도는 직접 물어도 될 텐데, 아버지는 굳이 또 나를 시켰다. 내가 외국인에게 말을 걸고 얘기를 주고받는 모습을 지켜보는 게 뿌듯한 모양이었다. 어쩌면 그럴 때라도 힘들여 일해 교육비를 쏟아부은 보람을 맛보고 싶은지도 모른다. 그 기대에 내가 전혀 부응 못 하고 있음에도 말이다.

중간고사에 이어 더 아래로 곤두박질한 기말 성적표는 우리 집 일부 관계 기상도를 저기압으로 붙들어 놓고 있었다. 내 주변을 먹구름이 뒤덮고 있다는 소리다. 뇌우는 아직 치지 않았다. 엄마는 기가 찬다는 눈길로 나를 볼 때마다 간간이 한숨을 쉬고 있었고, 아버지는 별말이 없었지만 오히려 더한 압박으로 느껴질 뿐이었다. 그 저기압이 언제 천둥 번개로 바뀌어 내 머리 위에 내려칠지 한시도 마음을 놓을 수 없는 상태였다. 아버지가 기대하는 교육비 투자 효과는 나한테는 해당 사항이 없어 보였다. 앞으로도 영원히 증명해 보이지 못할 것 같았다. 어른들 표현으로는 '자식 키운 보람'쯤 될 텐데······.

"······ 씨에스타······."

유모차를 밀고 지나가는 젊은 부부를 붙잡고 물어본 결과 알아들을 수 있는 말은 그 소리밖에 없었다. 영어도 아닌 스페인 말이니 아버지도 입맛만 다실 뿐 나를 탓하는 얼굴은 아니었다.

"찾아봐. 무슨 뜻인지."

어쩐 일로 로딩 표시가 금방 끝난 인터넷이 친절하게 가르쳐 주었다.

"낮잠이래. 이 사람들도 오후 휴식 시간이 있나 봐."

"허!"

한탄인지 낙담인지 모를 소리를 내고 아버지는 멀거니 주위를 두리번거렸다. 지금부터 휴식 시간이 시작되는 거면 적어도 두 시간은 지나야 끝날 거다. 오늘 점심은 이대로 걸러야 하나. 난감해서 나 역시 두리번거리며 뭐든 먹을 만한 데를 바삐 찾아보았다. 길 끝에 있는 '비바라비다'가 눈에 띈 건 그때였다. 문을 열고 들어가는 사람이 보였다.

"어? 저기 문 연 집 있어!"

원래는 흰색이었을 게 분명한 외벽에 먼지가 끼어 회색이 된 채 덩굴 식물들이 무질서하게 얽혀 타고 올라간 집이었다. 노란 아크릴 간판과 까만 철제 창틀이 드러나게 도드라져 있어 그나마 식당이라는 걸 알아볼 수 있었다. 큰길 끝에 외따로 있는 단층 건물이었다.

손님을 끄는 식당들은 깨끗한 외벽에 진홍과 보라의 원색 페튜

니아 같은 화분들을 일정 간격으로 매달아 놓고 신경 써서 관리하는 편이었다. 그런 식당들에는 출입문부터 멋 부린 외등들이 달려 있었다. 이 집은 그런 곳들과는 대조되는 분위기였다.

그래도 가게 안에 불이 켜져 있는 건 손님에게 들어와도 좋다는 신호겠지. 다른 사람도 들어가는 걸 본 이상 선택의 여지가 없었다. 본격적으로 공복을 알리는 배의 아우성을 들으며 우리는 식당 쪽으로 다가갔다. 식당 이름 '비바라비다'는 가까이 가서야 제대로 읽을 수 있었다.

"비바 라 비다?"

당연한 절차처럼 뭔 뜻이냐는 얼굴로 아버지가 나를 봤다. 검색하기 귀찮아 얼굴을 찌푸렸지만 아버지는 모르는 척 벌써 딴 데를 보고 있었다. 별수 없이 손이 지시대로 움직였다.

"Viva la vida, 인생 만세라는 뜻이래."

"호!"

이건 좀 더 감탄에 가까운 반응이었다. 아버지는 피식 웃음을 흘렸지만 식당 이름이 싫지는 않은 얼굴이었다.

"들어가 보자."

기묘한 식당 비바라비다와의 만남은 그렇게 우연히 이루어졌다.

우리 가족은 여행에 익숙한 편은 아니었다. 아버지가 여행에 큰

흥미가 없었기 때문이다. 구낙다리 소리 들을까 봐 말은 안 해도, 돈과 시간 많은 사람이나 하는 게 여행이라고 내심 생각하고 있었던 게 틀림없다. 당연히 내 여행 경험도 많지 않았다. 가족과 먼 나라들을 다녀 본 아이들은 본 게 많아서인지 처음 듣는 얘기들을 곧잘 했지만, 나는 할 얘기가 별로 없었다. 한국의 평균 열여섯 살만큼 학교와 학원과 집을 트라이앵글처럼 오가며 적당히 바쁘고, 적당히 놀고, 적당히 재미없는 일상을 보내고 있을 뿐이었다. 그래도 성적이 이렇게 하향곡선을 그리며 자존감이 흔들리기 전까지는 그다지 심각한 일도 위기도 없었던 편이다.

부모님 역시 지금까지는 성적으로 나를 괴롭히는 쪽은 아니었다. 아이들과 어울려 놀고 피시방에서도 두세 시간쯤 놀다 오는 것 정도는 눈감아 줄 줄도 알았다. 물론 특별한 교육적 판단이 있어서라기보다 그저 일에 바빠 시시콜콜한 것까지 잔소리할 틈이 없어서였을 확률이 더 크다.

그런 사각지대가 아예 없이 부모의 탐조등에 모조리 노출된 채 사는 아이들도 있었지만, 솔직히 불쌍하다는 생각밖에 들지 않았다. 사육 중인 실험쥐 같다면 욕이겠지만.

작년에 이어 올해도 같은 반이 돼 자주 어울리는 형준이나 정석이도 그런 과에 속했다. 둘은 요즘 때늦은 반항기를 겪고 있다. 말대꾸를 했다가 아버지에게 맞은 형준이나 학원에 몇 번 빠졌다가 엄마 손에 이끌려 청소년 심리 상담을 받아야 했던 정석이는 나를 부러워했다. 부모님의 통제 수위가 낮은 내가 저희보다야 백번은 행복해 보였을 거다.

나 역시 그렇게 생각하지만, 늘 그런 건 아니었다. 형준이 아버지는 중국을 오가며 큰 사업을 하는 회사 대표이고, 정석이 부모님은 두 분 다 의사다. 너네 부모님은 뭐 하시냐고 아이들이 물을 때, 나는 어쩔 수 없이 어깨에서 힘이 빠졌다. 목소리에 애써 힘을 실어 아버지는 회사에 다니고 엄마는 제과점을 한다고 말하지만, 속에 뭔가가 남아 서걱대는 기분이었다.

그마저도 아버지는 퇴직이 몇 년 남지 않은 상태였다. 그때는 엄마 제과점 일을 같이 하면 된다고 말하지만, 단지 상가 안의 작은 제과점은 수입이 많지 않았다. 고3인 누나가 그나마 대학에 쉽게 붙어 주고 졸업을 얼른 해 주면 엄마 아버지도 부담을 덜 느낄 수 있을 거다. 청년 일자리 문제까지는 생각하고 싶지 않다. 괜히 용량 넘치는 고민을 하다가는 아직 덜 형성된 내 전두엽이 정보처리 에러를 일으킬 수도 있다.

암튼 그런 이유로 우리 집 재정 상황은 크게 풍족하다고 할 수는 없는 편이다. 대체로 빠듯한 쪽이고, 앞으로도 그럴 거다. 엄마 아버지도 알고 누나도 알고 나도 아는 지극히 당연한 사실이다.

그걸 누구보다 늘 의식하고 있던 아버지가 스페인 여행 얘기를 꺼냈을 때, 엄마 눈이 비현실적으로 커진 건 당연한 일이었다. '고 3 있는 집'이니만큼 올해 여름휴가는 그냥 넘어가자던 아버지였기에 더 그랬다. 여름방학이 막 시작된 무렵이었다. 이상하게 마음이 붕 떠 1학기 내내 놀기만 하다 쫄딱 망한 성적표를 들킨 참이었다. 나는 어리둥절한 채 말없이 아버지를 보기만 했다. 스스로 가족 대화에서 열외자가 되는 벌을 받는 중이었기 때문이다. 사실은 곤경에 빠졌을 때 가장 유용한 대처가 투명인간으로 있기였기에 잠자코 있는 편을 택한 게 더 큰 이유였지만 말이다.

"스페인?"

엄마 반응에 이어 누나는 일단 탄성부터 질렀다.

"우와! 스페인!"

누나는 스페인이 로망인 사람이었다.

"제과점은 어쩌고? 오래 못 비워."

엄마는 제과점 걱정이 더 앞서는 모양이었다.

"······그럼 윤후만 데리고 갔다 올게."

"나?"

"나, 나는?"

엄마 아버지 말에 누나가 큰 소리로 다급하게 끼어드는 바람에 나도 모르게 급히 중얼거린 내 반응은 그냥 묻히고 말았다.

"넌 고3이잖아. 나중에 친구들하고 가. 알바해서 돈 모으면 보태 줄게."

"치!"

아버지 말에 누나는 바로 팽 토라졌다. 하지만 고3으로서의 현실 자각은 여행 욕구를 찍어 누르고도 남았다. 또한 우리하고 가는 것보다야 친구들 쪽이 더 재밌을 거라는 건 두말이 필요 없지 않나. 누나는 약속 이행을 다짐받고 순순히 물러났다.

나는 눈을 껌벅거리며 아버지를 다시 바라봤다. 뜬금없이 웬 여행? 게다가 나만 데리고 지금 스페인에 가겠다고? 아니, 왜? 내가 엉망인 성적표를 들고 온 이 시점에? 그런 아들을 데리고 갑자기 외국 여행을 간다? 상식적으로 말이 돼? 설마…… 내다 버리려는 건 아니겠지? 생판 모르는 나라에 데려가 내팽개쳐 버리려는? 그러기에는 내가 너무 커 버린 것 같은데……. 현지 경찰에든 우리나라 대사관에든 도움을 요청하면 집으로 무사히 돌아올 수 있다는 것쯤은 아는 나이니까. 너무 느닷없는 일이라 별 터무니없고 시답잖은 생각을 다 하고 있었다.

영문을 알 수 없으니 질문도 못 하고 멍해 있는데 아버지가 평소 같지 않은 착잡한 목소리로 말했다.

"그냥 여행 좀 가고 싶어서 그래. 윤민이 고3이라 여름휴가 건너뛰자고 했지만, 다시 생각해 보니까 바람 좀 쐬고 싶더라고. 윤후하고 둘이 가는 것도 좋아."

"아니, 그러니까 윤민이 시험 끝나고 내년쯤 다 같이 가면 되잖아. 뭐가 급해. 지금 꼭 갈 거 있어?"

엄마 말처럼 좀 미뤘다가 갈 수도 있다. 나만 데리고라도 지금 꼭 가야 한다는 건 이해가 안 되는 얘기였다. 누나는 그렇다 쳐도 엄마 없이 가는 상황은 영 어색했다. 엄마 없이 아버지하고만 둘이 먼 데까지 가 본 적이 없었기 때문이다. 아버지는 영문을 몰라 하며 마뜩지 않아 하는 엄마 말에도 불구하고 뜻을 굽히지 않았다.

"그래도 생각했을 때 갈래. 이것저것 고려하다 보면 흐지부지하기도 쉽고…… 연차 내면 좀 먼 데 가도 돼."

엄마는 여전히 수긍이 안 되는지 갸웃거리며 물었다.

"근데, 왜 스페인인데?"

"세상 사람들 너도나도 가는 데에 나도 한번 가 보고 싶어."

나도 모르게 한숨이 나왔다. 이유를 좀 근사하게 대면 안 되나. 하다못해, 스페인은 정열의 나라라며? 그런 정열이 내 인생에도 좀 필요한 것 같아, 라든가. 내가 그동안 여행을 좀 등한시했어, 이제라도 자주 하며 가족들하고 좋은 추억 만들고 싶어, 이런 등등, 좀 오글거리기는 하지만 그래도 할 수 있는 말이 얼마나 많은가 말이다. 근데, 세상 사람들이 너도나도 간다니 우리도 가 보자, 라니…… 정말 몰개성하고 재미없는 한국 아저씨였다.

누나가 어이없는지 피식 웃었다.

"그래, 솔직한 게 아빠 장점이지. 괜히 고상한 척 이유 대면 뭐해. 그런 여행족들 흉내 낼 거 없어요. 아빠는 아빠대로 윤후하고 충분히 재밌게 여행하고 와요."

아버지는 누나의 지지가 싫지 않은지 빙그레 웃었다. 내 동행 의사는 궁금하지도 않은 모양이었다.

"너 갈 거지? 좋겠다야!"

"나, 난 별로…….'"

이때를 놓치면 빠져나가기 힘들 거 같아 재빨리 의사 표현을 하려고 했다. 또 기회를 놓쳤다. 이번에도 내 목소리는 누나 말소리에 묻혀 보람없이 지워졌다. 엄마는 내가 자초한 현 상황을 감안하면 외국 여행은 가당치도 않다고 여기는 것 같았지만, 아빠의 동행 희망에 토를 달지도 못하게 했다.

"암말 말고 따라갔다 와."

작은 소리로 투덜거려 보았지만 아무도 들어주지 않았다.

"기대할게! 스페인."

내 복잡한 심사에 아랑곳없이 누나는 눈을 반짝이고 있었다.

스페인은 단연 음식이라는 게 누나의 지론이었다. 그것만 잘 기억하면 된다고 몇 번을 강조했는데, 스페인의 다채롭고 풍성하다는 음식 세계가 누나에게는 가장 큰 관심사인 모양이었다. 평소에 세상 맛집들 검색해 들여다보는 길 최고의 힐링으로 치는 사람다 웠다. 그걸로 입시 스트레스도 푸는 맛 탐닉형 인간이라 이해 못 할 바는 아니었다.

나는 입맛 둔감하고 감별 능력이 없어 음식이라면 여태껏 평가 기준이 양뿐이었다. 다다익선. 열여섯 살 남자 청소년치고 그 가 치를 부정할 인간이 과연 몇이나 있을까. 그것만이 미덕이던 내 빈 약한 음식 안목이 누나의 압력으로 어쩌면 이번 기회에 급향상될 지도 모르겠다는 생각이 들 정도였다. 미식 세계에 나도 마침내 눈 뜨게 되려나.

누나는 안 가 보고도 스페인 음식 문화에 이미 훤했다. 누나 말 에 따르면, 그 나라 사람들은 하루 다섯 끼를 먹는다고 했다. 오전 오후 간식까지 제대로 챙겨 먹는다는 뜻이었다. 스페인에는 독특 하게도 한 입 거리 음식이라고 할 수 있는 타파스라는 게 있는데, 그게 별별 것들이 다 있고 값도 안 비싸다고 했다. 타파스 바 같은 데 가서 골라 먹는 재미가 쏠쏠하다니까 꼭 가 보라며, 누나는 메 뉴 사진들을 눈앞에 펼쳐 놓고 줄줄이 이름을 읊었다. 얘가 감바스 래. 올리브유에 매운 고추랑 새우 튀긴 거야. 얘는 오징어 튀김 칼 라마레스, 얘는 홍합 요리 메히요네스. 얘네 문어는 진짜 부드럽 대. 와! 가지 요리도 맛있겠다. 가스파초도 궁금하고……. 아빠 졸 라서 다 먹어 봐. 빠에야는 절대 빼먹으면 안 돼. 현지 사람들이

해 주는 걸 맛봐야 진짜지. 아, 디저트는 츄러스야. 초코 시럽에 찍어 먹어야 해. 그리고 이건…….

누나는 우리가 어디 가서 무얼 먹어야 하고 어떻게 먹어야 하는지 여행 가이드처럼 시시콜콜 알려 주었다. 입시 공부도 밀쳐놓고 검색에 매달린 노력의 산물이었다. 마지막으로 못 박는 것도 잊지 않았다. 내가 누나 선발대로 가는 거니까, 맛이 어땠는지 날마다 평점 글 올리고 사진도 필수로 꼭 올려야 한다고 말이다. 의무냐니까 의무라고 했다. 여행을 무슨 의무로 하나, 내가 아바타냐, 소심하게 반발해 봤지만 소용없었다.

"솔직히 아빠가 무슨 생각으로 여행을 가자는 건지 모르겠어. 지금 나한테 엄청 못마땅할 텐데, 둘만 가자니까 찜찜하고……."

"왜? 아무도 모르는 나라에 데려가서 너 때려 주기라도 할까 봐?"

갖다 버리려는 걸까 봐 겁난다는 말은 하지 않았다. 유치원생 수준도 안 되는 소리라는 걸 알아서다. 떨떠름한 기분인 걸 뭐라 말로 옮기기가 어려웠다.

"아니 그냥, 이상한 생각이 좀 들어서……."

"쓸데없는 소리 하지 말고, 가서 잘 먹고 잘 놀고 잘 보고 와. 그러고 나서 부모님! 이제 정신이 좀 났습니다, 소자 열심히 공부하겠습니다, 끝! 그러면 되지."

세상 고3들이 다 누나처럼만 호기 만만할 수 있으면 입시병 같은 건 세상에 존재하지 않을 거다. 엄마를 닮아 누나는 낙천적이고 확실히 담대했다.

엉망이 된 성적 때문에 나라는 인간 자체가 통째로 의심된다는 말은 하지 못했다. 내가 너무 하찮은 존재가 돼 버린 것 같아 다른 무엇도 잘 해낼 수 있을 것 같지 않았다. 모든 일에 자신감이 사라지고 말았다. 자존감도 바닥인 채였다. 성적이 뭐라고. 성적이 떨어졌다고 인간성마저 지질해진 기분이 들다니. 얼굴마저 못나 보였다. 웃기게도.

지난 한 학기 동안의 내 모습을 돌아보기도 했다. 내가 어떤 사람인지 모르겠고, 어떤 사람이 되고 싶은지도 통 알 수 없었다. 앞날을 제대로 잘 헤쳐 나갈 수 있을 것 같지도 않았다. 친구들하고 같이 있을 때는 아무 문제 없는 것처럼 유쾌하게 웃고 떠들며 같이 놀았지만 혼자가 되면 바로 회의감이 들었다. 온갖 시시한 걱정과 막연한 불안감이 엄습했지만 정확한 이유도 찾을 수 없었다. 당연히 해결책도 없었다. 멍해 있을 때가 많았고, 성적 같은 건 아무래도 상관없다는 생각도 들었다. 내 안의 어떤 목소리가 호기 어린 부추김을 했다.

망친 성적표를 마주하자 후회가 쓰나미처럼 밀려왔지만 친구들 앞에서는 태연한 척했다. 부모님 앞에서만 기를 못 펼 뿐이었다.

이런 내가 껍데기뿐인 인간 같아 더 싫어지려고 했다. 지난해보다 키도 몸무게도 십씩 늘어 겉으로는 나라는 존재가 팽창일로에 있었다. 하지만 진짜 존재감은 그 반대였다. 쪼그라들 대로 쪼그라들어 있었다. 이런 속 이야기는 아무에게도 할 수 없었다.

나는 내 여행 임무를 열심히 설명하는 누나 얘기를 한 귀로 흘려들으며 한구석에 찌그러져 있는 나 자신을 물끄러미 바라보았다. 이런 상태에서 아버지와의 여행이 바늘방석일 수밖에 없다는 걸 누나는 하나도 고려하지 않으려 했다. 자기 수능 결과가 내가 어떻게 하느냐에 달린 거라는 소리만 했다.

정신을 차려 보니 내 여행은 오로지 고3 누나의 심신 안정과 안식을 위해 꼭 수행 완수해야 하는 임무 과제가 되어 있었다.

누나의 그런 눈물겨운 팁들은 별로 빛을 발휘하지 못하고 있었다. 아버지는 뱅글뱅글 도는 로딩 표시를 참아 가며 지도 앱이 인도하도록 우리를 끝까지 내맡길 만큼 미식가는 아니었다.

마드리드에 도착해 아직 어리둥절한 상태이던 어제도 누나의 추천 맛집은 뒷전으로 밀릴 수밖에 없었다. 우리는 우선 눈에 띄는 가까운 데를 찾아 들어가 끼니를 해결하기에 급급했다. 나도 별 이의가 없었다. 사실 스페인 식당들은 웬만하면 크게 낭패 볼 일이 없는 것 같았다. 기후가 우리나라와 비슷해서인지 음식들이 대부분 입에 잘 맞았다.

물론 아버지는 반응이 달랐다. 왜 이렇게 짜냐? 이건 맛이 왜 이래? 얘는 덜 익었구만. 빠에야라는 게 원래 이런 거냐? 다시 제대로 익혀 달라고 말 좀 해 봐라. 타파스가 싸다더니 그렇지도 않네. 이거 열 접시는 먹어야 한 끼 되겠는데. 그러면 값이 얼마야?

나는 한국말을 알아듣는 사람이 있을까 봐 고개도 돌리지 않았다. 가족 아닌 척 일부러 대꾸도 안 했다. 집에서야 아무래도 상관없지만, 다른 나라에 와서 저런 말을 하는 아버지는 왠지 창피했다. 폭망 성적표 때문에 기가 죽어서 아버지랑 둘이 하는 여행은 싫다고 큰소리도 못 치고 따라온 내 처지가 불쌍해 맛있게 먹다가도 서글퍼졌다. 나를 굳이 데려온 본심이 뭔지도 모른 채 방심하고 있다가 마침내 작심한 아버지가 분노 폭발하는 순간이 올까 봐 그것도 두려웠다. 도무지 마음 편하지 않은 시간의 연속이었다.

일이 엉뚱하게 터졌다. 아침에 톨레도로 오는 렌페를 타려고 중앙 역에 해당하는 아토차 역에 들어섰을 때였다. 내부가 너무 복잡해 잠시 얼이 빠져 있었던 게 문제였다. 어제 산 기념 선물과 지갑이 거짓말처럼 사라지고 없었다.

지갑에는 큰 액수는 아니어도 만에 하나 아버지와 떨어졌을 때 당황하지 않을 정도의 비상금이 들어 있었다. 대체 어느 틈에 일어난 일인지 감도 잡히지 않았다. 렌페에 오를 때에서야 비로소 소매치기 당한 사실을 알아챘다. 허탈하고 기분이 상해 당장 집으로 돌아가고 싶은 마음밖에 들지 않았다.

"그러게 조심했어야지."

아버지가 내 크로스백 안주머니에 비상금을 다시 넣어 주며 중얼거렸다. 안 그래도 얼뜨기가 된 기분이었는데, 그런 말을 들으니 얼굴이 확 달아올랐다. 그런 것도 제대로 간수 못 하는 녀석이라고 아버지가 혀를 차는 거 같았다. 매사에 시원찮은 녀석이라고 말이다.

"그래서 오기 싫었다고."

이 상황에서 할 소리는 아니었는데, 무안한 마음에 나도 모르게 엉뚱한 데로 화살을 돌렸다. 내 말이 퉁명스럽게 튀어나가자 아버지 미간이 찌푸려졌다.

"잊어버려. 괜찮아."

"난 안 괜찮단 말이야!"

봉인이라도 풀린 건지 발언을 극도로 자제하고 있던 내 입에서 격한 말이 터져 나왔다.

"안 괜찮으면? 없어진 걸 자꾸 생각하면 뭐 해? 여행만 재미없어져."

"누가 여행 오고 싶댔어? 아빠 혼자 마음대로 결정한 거잖아!"

아버지 얼굴이 굳어졌다. 안색이 이두워지며 슬픈 표정이 스쳐
갔다. 아차 싶었다. 아버지는 말없이 혼자 앞으로 휘적휘적 걸어
가더니 렌페에 올라탔다. 나는 내 좌석 번호도 모르는 상태였다.
내 좌석표도 물론 아버지가 갖고 있었다. 렌페가 곧 출발한다는 안
내 방송과 함께 출발 신호가 들렸다. 심통 부리고 떼쓰고 있을 상
황이 아니었다.

"아이 씨!"

작전상 후퇴를 할 수밖에 없었다. 아버지가 올라탄 렌페 차량
칸으로 나도 씨근거리며 올라갔다.

표적이 된 게 생각할수록 분하고 괘씸했다. 내가 그렇게 만만해
보였나? 속으로 주먹질을 해 봐야 뻘짓일 뿐이었다. 돈도 돈이
지만 중학생이 된 기념으로 아버지가 선물로 준 카키색 가죽 지갑이
너무 아까웠다. 진짜 가죽 지갑은 처음이라 아끼느라 고이 모셔만
놓고 있다가 이번에 들고 온 완전 새거였다. 그걸 소매치기 당했으
니 아버지에게 염치가 없어 괜히 더 성질을 냈는지도 모른다. 기념
선물 역시 비싼 건 아니어도 어제 마드리드에 도착하자마자 맨 먼
저 들른 마요르 광장에서 마음먹고 산 것들이었다. 엄마와 누나 주
려고 나름 애써 고른 카르멘 인형 액세서리들이었는데…….

그런 내 기분도 아랑곳 않고 누나는 오늘 우리가 맛보아야 할
음식 얘기만 톡방에 계속 올리고 있었다. 마사판이라는 톨레도 지

방 전통 과자를 꼭 먹어 봐라, 엄마랑 내 것도 사 와라. 나 소매치기 당해서 열나 미치겠다고, 지금 과자가 문제냐고 부아를 냈지만, 누나는 끄떡도 안 했다. 그러게 누가 허술하게 지갑 갖고 다니랬냐고, 스페인 소매치기 유명하더라고 경고하지 않았냐고 핀잔만 주었다.

'기분 꽝인데 자꾸 성질나게 할 거야? 엄마랑 누나 주려고 산 기념품도 없어졌단 말이야! 그러니까 선물 아무것도 바라지 마. 알았지?'

내 말을 전하기 싫은지 폰은 잠시 멈춤 상태로 버벅대는 시늉을 했다. 후진 사양 탓에 인터넷 속도가 거의 내 인내심 기르기가 목표인 폰이었다. 간신히 글이 올라가자 득달같이 누나가 다음 미션을 내렸다. 톨레도 맛집에서의 점심 식사 미션이었다. 하지만 아버지와 나는 누나의 미션들을 어제부터 한 번도 제대로 수행하지 못하고 있었다.

누나는 추천 맛집을 안 가고 아무 데나 가서 먹는 우리의 무성의함을 탓했다. 세상 편한 구글 지도 앱이 있는데 그것도 못 찾아가냐고, 음식과 맛의 향연의 나라에 가서 그 정도 열의도 없냐고 혀를 찼다. 가고 싶어도 못 간 고3을 생각해서라도 골라 준 데 가서 음식 사진이나마 성심껏 찍어 올려 주는 매너가 있어야 하는 거 아니냐고, 아버지가 못 하면 너라도 해야지, 준엄하게 꾸짖기도 했다.

가족 카톡방에 끼니때마다 누나가 실망하고 원망하고 책망하는 소리가 쌓이고 있었지만 어쩔 수 없었다. 시간도 모자라고 아버지처럼 나도 그쪽 방향으로는 요령이 없는 사람이라는 걸, 입시생 상전님을 자극하지 않기 위해서라도 열심히 해명하는 수밖에 없었다.

'시간이 없었어. 인터넷이 끊길 때도 많고……'

물론 핑계에 가까웠다. 나로서는 그보다도 아버지와의 내키지 않는 동행에 소매치기 당한 일까지 겹치며 분통이 터져 맛집 탐방 같은 건 의욕도 나지 않았다는 게 더 솔직한 이유일 거다.

비바라비다가 눈에 띄었을 때, 아버지와 나는 서로 이유는 달랐지만 길 포기자의 심정은 같았기에 동시에 반색을 했다. 모종의 안도를 하며 눈빛을 주고받을 때는 공범 의식마저 느껴졌다. 우리는 누나에게 성의를 보였다고 결론짓고, 이제 무엇을 먹게 되건 개의치 않고 무조건 맛있게 먹을 준비를 하고 있었다.

비바라비다는 실내가 생각보다 넓고 깨끗했다. 간격을 두고 떼어 놓은 묵직한 오크 테이블들에 드문드문 제가끔 앉아 있던 사람들이 일제히 우리 쪽을 봤다. 순간 잘못 들어온 건가 싶어 나도 모르게 멈칫했다. 아버지가 순발력 있게 손짓으로 밥 먹는 시늉을 했다. 사람들이 약속이라도 한 듯 고개를 끄덕였다. 우리는 안도하며 비바라비다 안으로 들어섰다.

조명이 환한 쪽이 요리를 만들어 내는 주방 같았다. 바처럼 손님과 마주 보는 개방 구조의 코너형 주방이었다. 역시 연륜이 느껴지는 커피색 오크 재질로 윤이 반짝거렸다. 무심코 그쪽으로 눈길을 주던 나는 헉 숨을 삼켰다. 천장에 장막처럼 줄지어 매달린 기괴한 물체들 때문이었다. 자세히 보니 말린 돼지 다리들이었다. 그 아래에서 한 남자가 이상한 자세로 우리를 응시하고 있었다. 남자는 우리가 들어서는 바람에 하던 동작을 멈추고 있는 것 같았다.

아버지가 주춤주춤 몇 걸음 걸어가 바 가까이에 비어 있는 테이블의 의자를 빼며 내게도 앉으라고 손짓을 했다. 의자 끄는 소리가 생각보다 컸다. 다들 우리가 내는 소리에 신경을 곤두세우는 느낌이었다. 아버지와 나는 얼른 침묵의 태세를 갖췄다. 일단 잠자코 기다려 보기로 했다. 도무지 알 수 없는 분위기였다. 여기가 식당인 건 맞나? 한 끼 음식을 얻을 수는 있는 것일까? 미심쩍은 기분이 사라지지 않았지만, 무슨 말을 꺼낼 분위기도 아니었다. 무언가 내부의 공기를 움직이는 질서가 있는 것 같았다.

우리가 자신들의 질서를 깨지 않을 거라고 판단한 듯 사람들이 다시 기척 소리를 냈다. 동작을 멈춘 채 우리를 지켜보던 주방 테이블 앞의 남자도 다시 자기가 하던 일로 돌아갔다. 그건 기묘한 일이었다. 남자는 누르스름하고 거무튀튀하게 생긴 천장의 기괴한 돼지 다리들과 똑같은 다리 하나를 앞에 놓고 해부학 수업의 관찰 시간처럼 공들여 들여다보고 있었다. 남자의 손에는 좁다란 중간 길이 칼이 들려 있었다. 천장에 주렁주렁 매달린 다리들 하부가 둔중하고 둥그스름한 모양인 데 비해 남자 앞의 다리는 이미 하부의 둥근 부분 한쪽이 깎여 나가 사라지고 없었다. 아직 남아 있는 나머지 부분은 매끈한 절단면을 벌겋게 드러낸 채 무방비로 고정 장치에 포박되어 있었다.

충격적인 비주얼에 나도 모르게 눈살을 찌푸렸다. 아버지가 어울리지 않게 은밀한 목소리로 속삭였다.

"하몬인가 보다, 저게."

하몬? 내가 궁금해할 틈도 없이 남자가 움직이기 시작했다. 남자는 의식을 집전하는 제사장처럼 신중하고 엄숙했다. 장내의 사람들도 기꺼이 의식에 참여한 사도들처럼 제사장의 움직임에 경건하게 주의를 기울였다.

남자의 눈빛이 미세하게 흰 날을 타고 칼끝으로 흘러갔다. 마지막 콧김을 내뿜는 지친 소의 잔등에 한순간 호흡을 모아 칼을 내리꽂는 투우사의 눈빛이 저랬을까.

"스페인 대표 음식이지, 아마."

내 얼굴이 펴지지 않고 있자 아버지가 안심시키듯 마저 말했다.

이 나라에는 웬 대표 음식이 이렇게 많은 건지. 누나를 통해 이미 학습하고 온 것만도 꽤 여러 가지인데, 아직도 남은 대표 음식이 더 있다는 얘기였다. 아버지는 이거야말로 진짜라고 말하고 싶은 듯 뿌듯한 얼굴로 남자 쪽을 응시했다. 하지만 남자 앞의 돼지 다리는 도무지 음식으로 보이지 않았다. 외형은 분명 돼지의 두툼한 다리 부분인 듯하나 국물을 우려낸 우족이나 삶은 족발처럼 일련의 조리 절차를 거친 모습이 아니었다. 입맛 사라지게 생긴 외형과 표피 색깔에다 역겨운 느낌을 주는 시뻘건 생고기 절임의 절단면은 어떻게 봐도 거북했다.

"저걸 먹는다고?"

얼굴을 찌푸린 채 낮게 중얼거린 말에 아버지가 끄덕거림으로 응답했다. 우리 사이에는 건널 수 없는 더 깊은 골이 생긴 것만 같았다. 아버지가 곧 도래할 시식의 순간을 기대하며 남자를 온순하게 지켜보는 동안 나는 오늘 점심은 글렀다는 생각으로 쓴 입맛을 다셨다.

마침내 남자가 집도의처럼 자세를 낮추고 돼지 다리에 얼굴을 바싹 대고는 조심스럽게 칼날을 밀어 넣었다. 남자의 손끝에 투명 종이처럼 얇은 선홍색 붉은 살점이 따라 올라왔다. 남자는 옆에 놓인 접시에 살점을 살그머니 내려 깔았다. 검객의 신공은 계속됐다. 남자는 초집중 상태로 고기 조각을 뜨는 데 매달렸다. 몰아지

경이라는 말이 딱 맞았다. 접시들은 금세 발그레한 하몬 조각들로 모양 좋게 채워져 갔다.

누군가 다가와 테이블을 톡톡 두드렸다. 빵 그릇과 물병을 들고 온 식당 종업원이었다. 하염없이 시간이 흘렀는데 이제야 주문을 받으러 온 모양이었다. 그런데 칼을 든 남자가 시간을 멈추게 하고 자기 칼솜씨를 뽐내려고 주술이라도 걸었는지, 뜻밖에 핸드폰 시간은 얼마 지나지 않았다. 하지만 정말 그럴 리는 없으니 나는 머리가 좀 혼미해졌다. 점심시간을 놓쳐 체력을 다 소모한 나머지 어지럼증이 온 건지도 모른다.

"먹고 싶은 거 네가 주문해."

아버지는 배려하듯 곤란한 상황을 내게 떠밀었다. 처음에는 메뉴판을 봐도 통 모르겠다는 말로 일관하더니 이제 방식을 바꾸기로 한 것 같았다. 나라고 다를 것도 없었다. 열심히 들여다봐도 무슨 음식인지 알 만한 게 별로 없었다. 뭘 시켜도 저 시뻘건 걸 주는 게 아닐까 의심도 들었다. 종업원 청년이 예상했다는 듯이 메뉴 종류 하나를 손으로 짚었다. 보기 좋게 그을린 피부에 붉은빛이 도는 머리카락을 가진 젊은 남자였다. 눈은 지중해 바다 색깔이 저렇겠구나 싶은 파란 빛깔이었다. 종업원 청년은 다른 한 손으로 주방 쪽을 가리켰다.

"우리 하몬 먹어 봐. 진짜 최고야."

그러면 그렇지. 예상한 대로였다. 하몬만은 빼고 추천해 달라고 말하려는데, 아버지가 호쾌하게 고개를 끄덕였다.

"오케이!"

그럴 거면 나더러 주문하라는 소리는 왜 했는지. 내 표정이 구겨진 걸 보고 아버지가 작은 소리로 말했다.

"우리도 하몬이라는 거 한번 먹어 보자. 스페인까지 왔는데. 이집 잘하나 보구만."

아버지는 아토차 역에서 우리가 서로 부딪치고 얼굴 붉혔던 일은 다 잊은 거 같았다. 그저 낯선 음식에 대한 기대로 쑥스럽게 웃으며 물을 따르는 아버지의 정수리가 훤했다. 나보다는 아직 아버지 키가 더 커서 정수리 쪽을 볼 일은 많지 않았다. 최근에 부쩍 훤해진 듯했다. 나는 속으로 아버지 나이를 계산해 보았다. 올해로 딱 오십이다. 중키치고는 탄탄한 체격이라 늘 그만그만한 모습이라고 생각했는데, 어느새 아버지도 확연히 나이가 들어 있었다. 그래도 오십에 벌써 저렇게 정수리가 훤해지나. 대머리는 우성 유전이라던데, 나중에 혹시 나도……?

아버지는 내 눈길이 느껴졌는지 입 모양으로 왜 그러냐고 물었다.

"아, 아니야."

나도 모르게 테이블에 놓인 빵을 뜯어 올리브유에 열심히 찍어 먹었다. 종업원 형이 접시를 들고 와 테이블에 내려놓았다. 하몬 조각을 멜론 조각 위에 하나하나 꽃처럼 올린 음식 접시였다. 눈으로도 가까이 보고 싶지 않은 문제의 그것이 좋아하는 과일과 같이 나올 줄은 몰랐다. 나는 멜론 귀신이었다. 인상을 쓰며 바라보다 포크로 멜론 위에서 하몬 조각을 끄집어 내리려는데 아버지가 이미 한 점을 입에 넣고 우물거리다가 얼른 내 손을 막았다.

"이거 맛있다! 아주 잘 어울리는데. 너도 먹어 봐."

그 말을 믿으라고? 표정으로 봐서는 진담 같았다. 멜론 위에 다소곳이 올라가 앉은 하몬 조각은 생각보다 색감이 나쁘지는 않았다. 아까 처음 보았던 충격적인 비주얼의 물체에서 저며져 나온 걸로 보이지 않을 정도였다.

내가 머뭇거리자 아버지는 못 참고 포크로 한 점 찍어 내 입으로 곧장 돌진했다.

"아, 아빠아……."

거부할 새도 없이 입안에 달콤 짭쪼롬한 향이 퍼지면서 내용물이 씹는 시늉만으로 녹아 내렸다. 이게 하몬이라고? 나는 차마 맛있다는 말은 못 하고 눈만 둥그렇게 뜬 채 접시를 내려다보았다. 이게 대체 뭐지? 어떻게 된 거야?

"거봐. 먹을 만하지?"

아버지는 틈을 주지 않고 또 얼른 2차 공격을 감행했다. 열여섯 살이나 먹은 다 자란 사내아이에게 음식을 먹여 주고 있는 동양 남자를 다른 테이블 사람들이 흘끔거리며 봤다. 아버지는 전혀 부끄러워하지 않았지만, 내가 부끄러웠다. 나는 화난 얼굴로 얼른 포크를 들었다.

"하지 마. 내가 알아서 먹을게."

"우리 와인도 한잔할까?"

아버지는 아무래도 한잔해야겠다 싶은지 손을 높이 들고 술을 주문했다. 종업원 형이 메뉴판을 들고 오자 아버지는 와인 병 하나를 손으로 가리켰다. 내 앞에도 잔이 놓였다.

"스페인 와인 좋네. 이거 봐. 병으로 시켰는데도 얼마 안 해. 땅 넓고 햇빛 좋으니까 이런 것도 참 싸구나. 이래서 사람들이 스페인, 스페인 하나 보다. 이윤후, 아빠 한잔 따라 봐라."

술이 등장하자 아버지가 아연 활기를 띠며 말에도 생기가 돌았다. 와인은 독하지 않아 나도 홀짝거리며 먹을 만했다. 하몬과는 아주 잘 어울렸다. 하몬은 빵과도 잘 어울렸다. 몹쓸 걸 보듯 해 놓고 널름널름 먹으려니 민망해 나는 괜히 폰에 코 박고 열심히 정보 검색을 하는 척했다. 이베리코 지방 흑돼지 뒷다리만 하몬으로 인정한다고 쓰여 있었다. 거기서는 풀밭에 풀어놓고 도토리를 맘껏 주워 먹게 하고 키운다고 한다.

제대로 된 이베리코 하몬은 값이 엄청났다. 앞다리는 뒷다리보다 조금 아래고, 이름도 아예 달랐다. 다른 지방 돼지들은 상품 하몬으로 치지 않았다. 주방 천장에 장막처럼 주렁주렁 매달린 하몬 덩어리들에 슬그머니 눈길이 갔다. 가만히 보니 상표들이 다양했다. 등급 따라 값도 다르고 음식 가격도 다른 것 같았다. 이베리코산이라는 마크는 눈에 도드라지는 테를 두르고 있어서 한눈에도 알아볼 수 있었다.

나는 하몬 접시를 찍어 가족 카톡방에 슬쩍 올렸다. 누나가 의무 사항으로 못 박았던 음식 사진을 이제야 처음 올린 거다. 누나는 바로 하몬을 알아보았다. 1초 만에 답이 왔다. 참고서와 폰을 나란히 놓고 탐독하는 거 같았다. 그러고도 자기 성적을 유지하는 거 보면 경이롭기 짝이 없었다. 나로서는 도저히 흉내 낼 수 없는 경지였다. 비주얼은 정말 끔찍했는데 이상하게 맛있다고 하자, 누나는 실컷 먹고 엄마랑 자기 것도 사 오라며 진심 부러워했다.

누나에게 하몬 맛 보고를 하며 내가 음식 아바타 수행을 하는 동안 아버지 앞의 와인 잔이 자꾸만 비고 있었다. 옆자리에 혼자 앉아 있던 금발의 여행객 아저씨가 어느 사이에 우리와 동석해 있었다. 아버지가 와인 병을 들어 보이며 같이 한잔하자고 권한 게 분명했다.

아버지는 기분이 좋아 보였지만 외국인 아저씨와 흉금 없이 대화를 나누기에는 언어 장벽이 너무 높은 거 같았다. 아버지는 우물거림과 웃음으로 한동안 일관하더니 대뜸 나를 끌어들였다.

"윤후야, 네가 통역 좀 해라."

전혀 가능하지 않고 어림도 없고 터무니없는 지시였지만, 아버지는 전혀 의심하지 않고 있었다. 사실 집에서부터 이 문제에 관한 아버지의 주장은 명료했다. 여행사 단체 여행을 택하지 않고 우리 둘이 따로 다니겠다고 했을 때, 엄마는 많이 불안해했다.

"말도 안 통할 텐데 어쩌려고?"

아버지는 나를 보고 있었다.

"윤후 있잖아. 요새 애들 태어나자마자 영어부터 배우는데 뭐가 걱정이야. 윤후만 해도 영어 공부 십오 년이잖아. 거기도 영어만 통하면 돼."

솔직히 십오 년은 아니지. 나자마자 내가 언제 공부부터 했다고. 더구나 누나는 몰라도 나는 유소년기 상당 기간을 각종 교구와 학습의 세계에서 대략 방치되어 있었다. 그 자유가 내 몸과 마음을 튼튼하게 한 건 물론 사실이지만 말이다. 어쨌거나 이 시점에서 영어 공부 최소 칠 년은 빼야 한다.

그리고 믿을 게 있지. 내 영어 실력을 믿다니. 아버지는 큰 착각을 하고 있었다. 나는 속으로 강변했다. 나 믿지 마. 믿으면 안 돼. 여행 망해!

그래 봐야 소용없었다. 아버지는 내 표정만 봐도 알 수 있을 텐데 모르는 체했다. 나를 믿기로 한 아버지의 확고한 결심을 훼손할 수 있는 사람은 아무도 없었다. 마드리드에서부터 사실 아버지는 가는 데마다 당연한 절차처럼 나를 떠밀었다. 가서 알아봐라. 물어봐라. 들어 봐라. 뭐라고 하던? 저게 뭐라고? 어떻게 하는 거라고? 일일이 묻고 나는 답해야 했다. 가뜩이나 떨떠름하게 온 상태라 입도 잘 안 떨어지는 상황인데, 아버지가 계속 던지는 숙제까지 하려니까 여간 고달픈 게 아니었다.

생각나는 단어도 몇 개 안 되고, 학교와 학원에서 기계처럼 외웠던 문장들도 막상 말로 하려고 하면 머릿속에서 하얗게 지워졌다. 아버지가 이렇게까지 할 줄은 몰랐다. 집에서 말은 그렇게 했어도 아무려면 아버지가 어른인데, 부모인데, 사회생활을 얼마나 했는데……. 나는 학업을 게을리한 걸 반성하며 착한 아들이 되어 입 다물고 조용히 따라다니기만 하면 될 줄 알았다.

착각은 내가 한 거였다. 아버지는 철저하고 꼼꼼하게 나를 부려 먹었다. 입장권을 끊어 와라, 몇 시 출발인지 살펴봐라, 물 좀 사 와라, 여기서 어느 쪽으로 가면 되는지 물어봐라……. 이것저것 시키고 뒤에서 상사처럼 지켜만 보았다. 나를 아버지 회사의 수습사원으로 오해하는 것 같았다. 아니면 공부 열심히 안 한 벌을 이렇게 주려고 작정했든가. 싫다고 해 봐야 소용없었다. 나는 뇌 용량을 총가동해 떠듬떠듬 말을 하고 알아들으려 토끼 귀를 하고, 아버지에게 전달해 이해시키느라 진땀을 뺐다.

지금도 아버지는 당연한 역할이라는 듯이 내 입이 떨어지기만 기다리고 있었다. 이제껏 부려 먹은 대로 또 나를 끌어들이려는 거였다.

짜증이 나 미칠 것만 같았지만, 싫다는 말을 대놓고 또 할 수도 없었다. 아버지의 자못 순진하기조차 한 기대를 모르는 체하기도 쉽지 않았다. 오기가 났는지도 모른다. 죽 쑨 성적표로 자존심에 먹칠을 하기는 했지만, 다른 나를 보여 주고 싶다는 생각도 없지 않았다. 자꾸 움츠러드는 나를 털어 버리고 싶기도 했다.

우리 테이블로 옮겨 온 금발 여행객 아저씨는 스웨덴 사람이었다.

"난 노엘이야. 반갑다."

"내 이름은 윤후예요. 반가워요."

반갑긴. 이런 말은 어째서 자동녹음기처럼 나오는 건지. 우리가 한 자리에 모여 얘기를 나누려는 분위기이자 종업원 형이 감자튀김이 수북한 접시를 들고 다가왔다.

"이건 서비스! 같이 앉아도 되죠?"

헐. 친구 녀석들이 이걸 봐야 하는데. 햄버거 집 가면 가운데 풀어 놓고 서로 더 먹으려고 우리 손과 입이 바쁘던 바로 그 음식이 아닌가. 여기서는 가는 데마다 시키는 음식마다 장식 채소처럼 감자튀김이 곁들여져 나왔다. 메인 음식만 믹고 이건 거의 손도 안 대는 사람들이 많았다. 음식량이 적지 않아서였다. 나는 서비스를 내 온 성의를 보아 열심히 먹어 주었다.

"난 미겔이야. 우리 집 하몬 어때?"

거짓말을 할 수는 없었다.

"맛있어요."

"맞아. 아주 맛있어."

아버지가 기분이 좋은지 하몬 한 접시와 와인 한 병을 더 주문했다. 잠시 뒤 주방 테이블에서 하몬 조각을 주관하던 검객이 신공을 부린 작품 접시와 와인 병을 직접 들고 우리 테이블로 왔다.

"나도 같이 앉아도 되겠소?"

노엘 아저씨와 미겔 형이 얼른 몸을 움직여 검객에게 자리를 내주었다. 검객은 비바라비다의 주인장이기도 한 것 같은데, 이렇게 손님 테이블에 와 한가하게 있어도 되는 건가? 나도 모르게 식당 안을 둘레둘레 살폈다. 어느 사이에 손님들이 다 나가고 우리만 남은 채 식당 안은 한적해져 있었다.

"어디서 왔소? 아들이오?"

검객 아저씨가 서글서글한 눈으로 아버지를 보며 물었다.

"예, 내 아들이에요. 우리는 한국에서 왔어요."

아버지가 담백하게 대답했다. 검객 아저씨가 고개를 끄덕였다.

가만 보니까 미겔 형과 눈 색깔이 닮은 것 같았다. 잘 그을린 듯한 피부색과 불그스름한 머리카락도 같았다.

"형 아버지세요?"

내가 동그래진 눈으로 묻자 검객 아저씨가 빙긋 웃었다. 미겔 형도 웃는 모습이 비슷했다.

"내 캡틴이지."

형은 엄지를 척 들어 보이며 자기 아버지에게 눈을 찡긋했다. 검객은 자기 아들을 가리키며 화답하듯 말했다.

"내 후계자지."

아저씨는 자기 이름이 호르헤라고 말해 주었다. 나는 두 사람을 신기한 눈으로 번갈아 보았다. 아들을 후계자라고 말하는구나, 아버지를 캡틴이라고 말하는구나. 당당하고 자랑스럽게 그런 말을 할 수 있는 부자라니. 두 사람이 부러웠다. 부자 사이에 어느 만큼이나 신뢰와 애정이 깊으면 그런 생각을 하고 또 그렇게 말할 수 있을까. 나는 아버지를 한 번도 그렇게까지 생각해 본 적이 없는 거 같았다. 아니, 아버지에 대해 진지하게 생각해 본 적이 별로 없었다. 오래전, 아주 어릴 때는 나도 아버지를 우러러보았다. 하지만 그게 언제까지였는지도 기억나지 않는다. 지금은, 아버지는, 그냥 아버지다. 생각하면 어쩐지 답답해지고 얘기할 때마다 괜히 어깃장을 놓고 싶은 마음만 드는. 어쩌다 아버지가 내게 진지하게 하는 말은 화내는 것처럼 들릴 때가 많았다. 회사 일 바쁘고 피곤하다는 말을 가장 많이 들은 것 같다. 실제로 늘 일에 쫓기고 피곤한 모습이었다. 그런 아버지가 무슨 생각을 하는지 크게 알고 싶지 않았다.

내가 호르헤 아저씨와 미겔 형을 보며 상념에 빠져 있는 동안 아버지도 빙그레 웃으며 두 사람을 바라보고 있었다. 아버지 역시 부러움을 가득 담은 눈길이었다. 아버지도 저렇게 아들을 든든하게 믿고 후계자라고 말할 수 있으면 좋겠다고 생각하겠지. 정작 나는 아버지 인생에 별 관심 없고 닮고 싶지도 않고, 꽁한 성미나 소심한 성격 닮아서 싫다는 생각만 하고 있는데⋯⋯. 장차 확인될 머리카락 유전자 걱정이나 하고 있는데⋯⋯. 아버지에게 나는, 어떤 존재인 걸까?

너무 생각에 빠져 있었나 보다. 주인장 호르헤 아저씨가 뒤로 느긋하게 몸을 기대며 내게 물었다.

"여행은 재미있어? 스페인이 어떤 것 같아?"

아저씨 영어는 유창하거나 어렵지 않아서 천천히 말하니까 다 알아 들을 수 있었다. 잠자코 들어주면 대답도 차근차근 할 수 있을 것 같았다.

"아직 잘 모르겠어요. 조금밖에 못 봐서요."

아저씨가 눈을 휘둥그레 떴다.

"무슨 소리야? 여기 톨레도는 둘러봤을 거 아냐."

내가 그렇다고 하자 아저씨가 단호하게 말했다.

"톨레도를 봤으면 스페인은 다 본 거나 다름없어. 다 본다고 알 수 있어? 너 맨날 보는 가족 잘 알아?"

내가 고개를 젓자 아저씨는 거보라는 듯이 말을 이었다.

"거봐. 다 본다고, 맨날 본다고 아는 게 아냐. 아는 건, 그냥 딱 보고 아는 거야. 톨레도 봤으면 스페인을 제대로 본 거야."

듣고 있던 나와 아버지와 노엘까지 고개를 끄덕이자 아저씨는 더 신이 나 톨레도 부심을 드러냈다.

"여기가 이래 봬도 2천 년 된 도시야. 역사의 중심지지. 로마 가톨릭, 이슬람, 기독교, 여기에 다 있다고. 그럼 얘기는 끝난 거야."

어쩐지 다른 어떤 도시에 가도 아저씨처럼 말하는 사람이 있을 것만 같았다. 그래도 왠지 아저씨 말이 허풍으로만 들리지는 않았다. 저런 호방한 자신감과 여유를 부릴 줄 아는 사람이 사는 데라면 어디든 그리 나쁘지는 않을 것 같았다. 미겔 형이 웃으며 말을 보탰다.

"대성당은 봤니? 산토 토메 미술관이랑. 톨레도에 오면 거기는 꼭 가 봐야 해."

고개를 끄덕했다. 산토 토메 미술관은 그림이 〈오르가스 백작의 장례식〉 한 점밖에 걸려 있지 않던데, 입장료 3유로는 좀 너무한 거 아니냐고 항변하고 싶었지만 하지 않았다. 스페인의 대표 화가로 손꼽는 엘 그레코의 대표작이라 그만한 가치가 있다고 하면 뭐라고 하겠는가. 더 항변하고 싶어도 영어가 딸려서 안 될 것 같았다. 잠자코 넘어가는 수밖에 없었다. 그 틈에 노엘 아저씨가 감탄 어린 표정을 지으며 찬사를 했다.

"톨레도, 참 아름다워요. 스페인 여행, 난 만족해요."

내 머릿속에는 잃어버린 지갑과 골목 미로들이 먼저 떠올랐다. 아름답던 타호강과 이슬람 양식의 톨레도 역도 물론 떠오르기는 했다. 아버지는 짜고 설익은 빠에야가 떠올랐는지, 살짝 얼굴을 찌푸렸다. 호르헤 아저씨가 사람들에게 빵조각을 떼어 건네며 하몬 한 점씩을 얹어 주었다. 아버지가 사람들 앞에 놓인 잔에 와인을 채웠다. 호르헤 아저씨가 손가락을 튕기며 주의를 환기시켰다.

"여러분에게 해 줄 이야기가 있어요."

아저씨 얼굴이 진지해졌다.

"지금 내가 준 하몬은 마법의 하몬이에요. 이걸 먹고 나면 여러분은 자기 인생이 눈앞에 그려질 거요. 우리 집 하몬은 보통 하몬이 아니거든요."

들어줄 만하던 허풍이 점점 뻥으로 가고 있었다. 거기에 허세까지. 괜히 딴지를 걸고 싶어 아까부터 궁금했던 걸 대뜸 물었다.

"근데 왜 비바 라 비다예요?"

"비바 라 비다? 비다 라 비다니까!"

쳇. 웬 말장난. 인생 만세여서 인생 만세라니. 난 도저히 지금 내 인생에 만세 부를 수 없을 거 같은데. 그때 미겔 형이 테이블 위의 음식 접시와 잔들을 한쪽으로 밀고 가운데에 그려진 그림과 거기에 쓰여 있는 글씨를 손으로 가리켰다.

"어? 이 그림!"

아까는 왜 못 봤을까. 눈에 익은 그림이었다. 엄마가 안방 화장대 위에 늘 걸어 놓고 있는 그림. 새빨간 속이 먹음직스럽게 드러난 싱싱한 수박 그림이었다. 화장대에 수박 그림이라니. 안 어울린다고 하자, 엄마는 좋아하는 화가 프리다 칼로가 세상을 뜨기 전에 마지막으로 그린 그림이라는 말만 했다. 건성으로만 보아 그 그림 속 수박에 글씨가 새겨져 있는 줄도 몰랐다. 지금 보니 그 글씨가 바로 Viva La Vida였다. 하몬과 멜론이 어쩐지 잘 어울린다 싶더니 그래서 워터 멜론 그림을? 이 집이 Viva La Vida인 게 그래서인가? 하몬과 멜론에 그런 뜻을 담아서? 프리다 칼로라는 화가는 무슨 생각으로 죽음을 앞두고 마지막으로 그림 그림에 '인생 만세! 삶이여! 만세'라는 글씨를 새겨 넣은 걸까. 그리고 호르헤 아저씨는 또 무슨 생각으로 이 그림과 제목을 가져와 가게 이름으로 붙인 걸까.

엄마 화장대 위에 걸려 있던 그림인 걸 아버지도 이제야 알아보고 반가운 얼굴을 했다. 아버지 역시 건성으로 보았는지 그림 속에 글씨가 쓰여 있는 건 모르고 있었다. 그 제목이 '비바 라 비다'라는 게 아버지도 꽤 인상적인 모양이었다. 아까 이 집에 처음 들어왔을 때처럼 식당 이름 역시 마음에 드는 눈치였다. 아버지는 왜 '인생 만세'를 마음에 들어하는 걸까? 늘 일에 쫓기고 피곤해하며 무슨 얘기를 해도 화내는 것처럼 들리고, 좋아도 싫어도 무표정한 얼굴인 아버지를 보면 그다지 이해가 가지 않는데……. 내가 잘못 생각하는 걸까? 노엘 아저씨도 연신 고개를 끄덕이고 있었다. 제사장에서 검객으로, 이제 마법의 주술사로 다시 배역을 옮긴 호르헤 아저씨가 껄껄 웃었다.

"비바 라 비다! 너 내가 농담한다고 생각하지? 농담 아냐. 하몬은 인생의 맛이거든. 하몬을 먹고 인생을 다시 생각하지 않으면 아직 성인이 되었다고 할 수 없어."

아버지가 아저씨 말을 알아들을 수 있게 통역해 달라고 허리를 쿡쿡 찔렀다. 그걸 내가 무슨 수로 하라는 건지. 동네 학원 기준 영어 실력 중급에서 아직도 상급 도약을 못하고 있는 내가 단숨에 수직 점프해 국제통역사라도 된 줄 아는 거 같았다. 하는 수 없어 대강 아저씨 말의 요지만 전해 주었다. 하몬은 인생의 맛이다, 하몬을 먹으면 이제 어른이다. 듣고 난 아버지가 갑자기 고개를 세차게 끄덕였다.

"맞는 얘기예요. 인생에는 어느 단계가 돼야 비로소 알게 되는 맛이 있습디다. 우리도 그런 음식이 있죠. 홍어라고, 홍어를 먹을 줄 알면 이제 어른이 된 거다, 그런 말이 있답니다."

아버지는 그 말을 통역하라고 다시 나를 쿡쿡 쑤셨다. 미칠 노릇이었다. 그래도 할 수 없이 몇 마디 떠듬거렸다. 맞다, 한국에는 홍어가 있다, 홍어도 하몬과 같다 어쩌구. 아버지가 말을 계속했다.

"그 홍어라는 게 아주 고약한 냄새가 나는 음식이에요. 보기에도 인상이 찌푸려지죠. 근데 맛이 기가 막히거든요. 어찌나 톡 쏘는지 눈물이 찔끔 나는 정도예요."

아버지가 나를 보며 말을 멈추고 있어 또 주절주절 몇 마디 했다. 홍어 냄새는 아주 좋지 않다, 그러나 무척 맛있다. 아버지가 다시 말을 이었다.

"근데 이게 아주 중독성이 있단 말입니다. 사는 게 녹록지 않고 비위 상하고 허하고 쓰릴 때, 이놈 한 점 먹어 주면 속이 뻥 뚫리거든요. 눈물 좀 보이면 어떻습니까. 사내도 울고 싶을 땐 우는 거지. 남자들도 속으로 울 때가 얼마나 많습니까."

이런 말을 무슨 수로 통역하라는 건지, 어이가 없어 아버지를 멀거니 보기만 했다. 아버지는 그래도 끈기 있게 기다렸다. 이건 중독성이 있다, 어려운 문제가 있을 때 먹으면 눈물이 난다, 남자도 울 수 있다. 아버지 말을 더듬거리며 옮겼다. 웃기기 짝이 없는 엉터리 내 말 몇 마디에 만족하고 아버지는 마저 얘기를 이어 갔다.

"여기 이 하몬도 그런 것 같네요. 보기에는 눈살 찌푸려지고 이게 무슨 음식이냐 싶은데, 완전 반전 맛이거든요. 인생이 그렇죠. 보기에는 좋아 보였던 게 아무것도 아닌 껍데기 허상이기도 하고, 저건 아니다 싶었던 게 진짜배기이기도 하고. 몰랐던 것들을 하나씩 알아 가는 게 인생이겠지요. 못 먹을 것 같던 음식도 하나씩 하나씩 먹을 줄 알게 되고, 그 맛을 알아 가고……."

나도 모르게 아버지를 물끄러미 바라보았다. 아버지가 인생이라는 걸 이렇게 생각하는 줄 몰랐다. 아버지에게서 이런 이야기를 듣게 될 줄도 몰랐다. 인생이라는 게 정말 그럴 수 있는 거 같았다. 못 먹던 음식을 하나씩 먹을 줄 알게 되고, 모르던 것들도 하나씩 알아 가고……. 하몬을 꺼림칙해하다 맛에 눈뜨게 된 나도 그럼 이제 한 단계 더 성숙해진 걸까? 열여섯 살 이윤후가 하몬을 먹으며 아버지 입회하에 성인 입문식을 치르고 있는 것만 같았다.

나대로 생각에 잠겨 있을 때 아버지가 내 앞의 테이블을 톡톡 쳤다. 나는 떠듬떠듬 몇 마디 옮겼다. 내 말이 끝나자 아버지가 마저 말을 이었다.

"주인장 말씀에 백번 동감한다 이거예요, 네. 인생을 생각하게 하는 음식들이 있지요. ……하몬이 참 맛있네요."

아버지는 괜히 울컥하는지 잠시 침묵을 지켰다.

호르헤 아저씨가 아버지 눈을 들여다보며 물었다.

"당신도 진실을 말해 봐요. 당신 문제는 뭐요?"

아버지가 머뭇거리는가 싶더니 뜻밖의 말을 꺼냈다.

"내 인생이 방향을 못 찾게 됐죠. 마치 미로에 갇힌 것처럼요. 열심히 살았다고 생각했는데 뭘 했는지 모르겠고, 지금 내가 어디에 있는지도 모르겠어요. 어디로 가야 될지도 모르겠고. 온통 미로 같아요."

아버지가 이런 얘기를 할 거라고는 짐작 못 했다. 나 때문에 크게 상심하고 언짢아 있을 줄 알았는데, 아버지에게는 아버지만의 문제가 따로 있는 거 같았다. 방향을 못 찾고 있는 건 나라고 생각했기에 아버지가 똑같은 생각을 하고 있다는 게 놀라웠다. 나는 아버지 말을 한 줄로밖에 옮길 수 없었다.

"나는 지금 미로에 있습니다. 내 인생을 알 수 없습니다."

노엘 아저씨가 끼어들며 물었다.

"왜 그렇게 생각해요?"

아버지가 대답을 망설였다.

"그게…… 내가 환자라고 하네요. 병이 생겼다고…….."

나는 덜컥 놀라 아버지를 보았다. 무슨 소리를 하는 거지?

"아빠, 그게 무슨 말이야?"

아버지는 내 물음에 잠시 멈칫하다 얘기를 계속했다.

"인생 백 년이라고 해서 이제 반 왔구나, 했어요. 지금 쉰이거든요. 아직 남은 시간이 많다고 생각했죠. 근데, 앞날이 뿌연 안개 속이에요. 애들도 한참 더 키워야 하고 나대로 꿈도 없지 않은데, 병이 생길 줄은……."

"아빠!"

나는 아버지 팔을 움켜잡았다.

아버지는 씁쓸하게 고개만 끄덕였다.

"이런 얘기 안 하려고 했는데…… 저 주인장 말에 내가 홀렸나 보다."

"엄마는 알아? 어디가 어떻게 안 좋은데?"

내 목소리가 마구 떨리고 있었다. 아버지가 남은 와인을 마저 따르며 내 잔에도 나눠 주었다.

"너도 더 마셔. 와인 향이 좋네."

둘러앉은 남자들이 아버지가 방금 무슨 얘기를 한 건지 궁금해했다. 나는 놀라서 벌떡대는 심장을 한 손으로 누르며 더듬더듬 말했다. 울고 싶었다.

"아버지가 아프대요. 병이 있대요. 처음 말했어요."

노엘 아저씨가 내 어깨를 가만히 잡아 주었다. 미겔 형은 난감한 얼굴로 머리 뒤로 손깍지를 끼며 천장을 올려다보았다. 호르헤 아저씨가 아버지 등을 투덕투덕 두드렸다. 아버지는 나를 쓱 돌아 봤다.

"내가 이놈하고 이놈 위로 딸애 얻고 얼마나 좋던지, 만나는 사람마다 밥을 샀어요. 근데 그때 내가 지방에 근무하고 있었거든요. 애들 세상에 나오는 날도 못 보고, 처음 뒤집는 것도 못 보고, 처음 일어나서 두 발로 서는 것도 못 봤지 뭡니까. 학교 입학식 날도 못 갔어요."

아프다는 얘기 하다 말고 웬 자식 키운 타령인지. 어디가 어떻게 안 좋은지 나는 애가 타 죽겠는데, 아버지는 나를 기다리고만 있었다. 나는 아버지 말을 천천히 되새겨 분절해 옮겼다.

"나는 아이들을 얻었어요. 기뻤어요. 같이 있는 시간은 조금이었어요."

아버지는 할 말이 아직 남은 것 같았다.

"한국 남자들은 남 앞에서 자식 자랑하면 못난 놈 소리 들었어요. 그래서 나도 통 안했어요. 같이 여행한 적도 별로 없어요. 요새 젊은 친구들은 안 그런다고 하더라고요. 나만 해도 구식 남자죠. ……앞으로 어떻게 될지 모르니까, 남들 많이 한다는 스페인 여행이라도 나도 아들하고 한번 해 보고 싶더라고요."

아버지가 왜 느닷없이 여행을 결정하고, 남들 많이 간다는 데로 나를 데리고 오고 싶어 했는지 비로소 알 것 같았다.

미겔 형이 조심스럽게 물었다.

"치료가 어려운 거예요? 의사 얘기는 들어 봤어요?"

아버지가 고개를 저었다.

"이제 한국 돌아가면 치료 시작해야겠지. 다행히 초기라고는 하
더라고."

아버지는 회사 건강 검진으로 얼마 전 위암 초기 진단을 받았다
고 했다. 그러고는 충격을 혼자 견디고 있었던 거다.

호르헤 아저씨가 내게 불쑥 아버지 이름을 물었다.

"인범, 이인범 씨예요."

아저씨는 아버지 어깨를 꾹 움켜잡았다.

"인범, 치료받아요. 한국 의사들 실력 있다면서요. 초기니까 얼
마든지 이겨 낼 수 있어요. 아버지는 자식 생각해서라도 힘내야 해
요."

노엘 아저씨도 응원을 보탰다.

"내 생각도 마찬가지예요. 경고 카드 한 번 받았다고 생각해요.
다시 건강해질 수 있어요."

나는 아저씨들 말을 핵심만 옮겨 전하다가 문득 깨달았다. 아버
지가 이 말들을 정말 못 알아들었을까? 사실은 거의 알아들었으면
서 내가 옮겨 주는 걸 듣고 싶어서였던 게 아닐까. 나를 통해서 아
버지의 말들이 전해지는 게 그저 좋아서였던 건 아닐까.

아버지는 이렇게 자신을 통역해 줄 사람을 원했는지도 모르겠다는 생각이 들었다. 나는 처음으로 아버지 말을 제대로 귀 기울여 듣고 남에게 옮겨 들려준 거 같다. 또 사람들의 말을 아버지에게 열심히 전해 주었다. 말도 안 되는 짧고 부실한 통역이었지만, 아버지는 그래도 조금은 위안받은 거 같았고, 인생에 대한 당신의 생각들과 비밀을 말해 주었다.

나에게도 아버지의 말은 번역이 필요했다는 걸 곧이어 이해했다. 투박한 말들을 걸러서 속뜻을 알아듣는 번역이 말이다. 겉으로 보여 준 모습이 다가 아니었다는 것도……. 아버지와의 사이에 뭔가 답답하게 가로막혀 있다고 느꼈던 것들이 걷힌 느낌이었다.

호르헤 아저씨가 하몬 한 조각을 집어 아버지 입에 넣어 주었다.

"인범, 이걸 먹으면 힘이 날 거요."

아저씨는 내 입에도 한 조각을 넣어 주며 미소를 지었다.

"비바 라 비다. 힘내라!"

어쩌다 이런 얘기를 주고받게 된 걸까. 이게 다 하몬 때문일 거다. 어쩌면 아버지와 나는 톨레도의 하몬 주술사 호르헤라는 남자에게 홀려서 여기까지 흘러 들어온 건지도 모른다. 아버지는 무장 해제된 채 숨기려던 비밀을 술술 털어놓고, 자기 마음의 말들을 타인들에게 통역해 달라고 아들에게 의탁했다.

하몬 몇 조각으로 나는 순식간에 아이의 세계에서 벗어난 기분이었다. 엄마는 멀리 있고, 나는 아버지와 웬 낯선 어른들 틈에 둘러싸여 성인 입문식을 치르고 있었다. 앞으로 감당해 나가야 할 만만치 않은 날들에 잘 맞서라고. 기죽지 말라고……. 시험 성적 같은 건 실로 문젯거리도 안 되는 세상을 나는 처음으로 접하고 있었다.

아버지가 문득 깨어나듯 두리번거리더니 바깥을 내다보았다.

"아, 이제 씨에스타도 끝났겠군요. 점심을 너무 오래 먹었네요."

아버지는 내 쪽으로 시선을 돌리고는 눈짓을 했다.

"우리도 이제 일어서자. 다른 데도 또 가 봐야지."

나는 말없이 고개를 끄덕였다. 호르헤 아저씨가 양팔을 활짝 펴 우리 두 사람 등을 감싸듯 끌어안았다.

"잘들 가요. 우리도 이제 좀 쉬어야겠소. 힘을 내야겠다 싶을 때는 다시 와요. 하몬 또 줄게요."

미겔 형이 손을 흔들어 주었다. 노엘 아저씨도 우리를 따라 밖으로 나서더니 힘차게 악수를 건네고는 휘적휘적 걸어 사라졌다. 아버지와 나는 호르헤 아저씨와 미겔 형에게 마주 손을 흔들어 주고 천천히 걸음을 뗐다.

내가 아무 말이 없자 아버지가 잠자코 돌아봤다. 아무래도 얘기해야 할 거 같았다.

"나한테…… 실망했었지?"

212

아버지가 눈을 껌벅거렸다.

"너한테 왜?"

말 꺼내기 망설여졌지만, 부끄러워도 하는게 좋을 거 같았다.

"내가 너무 시원찮잖아. 성적도 엉망이고……."

아버지가 빙긋 웃었다.

"열여섯 살때는 나도 별반 다르지 않았어. 뇌 속에서 빅뱅이 일어나고 있을 땐데 아무렇지 않으면 그게 더 이상하지."

"여기, 나 혼내려고 데려온 줄 알았어."

아까 비바라비다에서 아버지 의도를 듣기는 했지만, 속마음도 그런지는 아직도 확신이 들지 않았다. 아버지가 우뚝 걸음을 멈췄다. 혹시 정말 속마음을 들켜 화를 내려고 그러나 했는데 그게 아니었다.

"이윤후. 너 길잡이 시키고 통역 시키려고 그랬어. 곧잘 하더구만. 비행기값, 밥값은 안 받아도 되겠어."

나는 인상을 쓰며 아버지를 흘겨보았다. 아버지가 농담을 한다는 건 지금 큰 문제 없고 우리 사이도 괜찮다는 뜻이었다.

"치! 그렇게 부려 먹고 퉁치자고? 그런 법이 어딨어!"

나는 아버지와 웃으며 옥신각신하다 말고 멈칫하며 웃음을 그쳤다. 문득 지금 내가 문제가 아니라는 데에 생각이 미쳐서였다. 아버지 문제가 더 심각했다. 그 때문에 혼자 마음고생하고 있었던 건데, 엄마도 누나도 나도 전혀 헤아리지 못했다. 우리 가족에게 중대 사안이 발생한 거다. 그러자 바로 말 안 하고 아버지 혼자 고민하며 여기까지 온 게 화나려고 했다.

"근데 왜……?"

내가 우뚝 서서 원망스레 바라보자 아버지는 무슨 말을 하고 싶은지 안다는 듯 고개를 끄덕였다.

"걱정 마. 괜찮아. 아주 초기래. 요즘은 그 정도는 문제없대. 병원 예약도 해 놓고 왔어. 그냥 코앞만 보고 내달려 오다가 이런 일 닥치니까 이 생각 저 생각 좀 많아져서 그랬어. 치료받고 잘 이겨 낼 거야."

나는 아버지를 똑바로 바라보았다.

"약속한 거야. 분명히!"

아버지가 고개를 끄덕끄덕했다.

"그래, 분명히."

톨레도 성당 뒤로 해가 이울고 있었다. 석양에 물든 성당 석조 벽과 부조들이 새로운 모습으로 거듭나고 있었다. 뒤로 넓게 펼쳐진 완만한 들판과 아름다운 타호강이 평온한 저녁을 맞으라고, 오늘 하루를 이제 쉬라고 말하는 거 같았다.

"저녁은 어디 가서 먹지?"

아버지 말에 나도 모르게 지도 앱을 다시 켰다.

"누나가 오늘 저녁은 여기를……."

그때 우리 앞으로 지나가는 웬 남매 손에 눈에 익은 지갑이 들려 있는 게 보였다. 바로 아버지에게 중학생이 된 기념으로 받았던 내 카키색 가죽 지갑이었다. 길거리의 아이스크림 가게에서 아이스바를 사 먹으려고 막 꺼내 든 것 같았다. 내 또래로 보이는 여자아이가 동생인 듯한 남자아이 손을 잡고 상점 앞으로 다가가고 있었다. 여자아이가 어깨에 가로질러 멘 가방에는 내가 엄마와 누나 주려고 샀던 카르멘 액세서리가 버젓이 매달려 있었다.

"어? 저거 내 지갑이잖아."

내가 중얼거린 소리를 들었나 보다. 여자아이가 눈치를 채고 얼른 제 동생 손을 잡아끌며 후다닥 달아나기 시작했다.

"야! 거기 안 서?"

쫓아가려는데 아버지가 나를 붙잡았다.

"그냥 둬. 순순히 잡히겠냐. 잡혀도 시치미 떼지."

"아이, 아빠! 그래도 분하잖아요."

그때 저만치 달아나던 여자아이가 내 쪽으로 무언가를 휙 집어 던졌다. 내 지갑이었다. 얼른 집어 열어 보니 안은 텅 비어 있었다. 여자아이는 제 동생 손을 잡고 다시 달아나며 한쪽 눈을 찡긋했다. 이 와중에 윙크를 날릴 생각을 하다니, 소매치기 주제에 간도 컸다. 나는 어이가 없어 여자아이 가방에 매달린 채 달랑거리며 멀어져 가는 빨간 카르멘 인형 액세서리만 멀거니 지켜보았다.

석양빛이 달려가는 아이들 뒤로 길게 드리워졌다. 지도 앱이 또 렷한 윤곽선을 드러냈다. 이제 그만 헤매고 앞길을 잘 나아가라는 얘기 같았다. 어디로 갈지 이제 방향을 정해야 한다. 오늘 저녁은 누나가 말해 준 데로 끝까지 한번 찾아가 볼까.

이 여행 뒤에는 우리 앞에 또 어떤 지도가 펼쳐질까. 그 지도를 읽어 줄 앱은 없다. 가야 할 방향을 일러 줄 마음의 앱은 아마도 우리 스스로 켜야 할 거다. 그 길이 멋지고 근사했으면 좋겠다.

지도 위의 수많은 갈래 길들을 하나하나 짚어 보다가 아버지와 나는 마침내 방향을 정했다. 우리는 처음 보는 길 쪽으로 함께 걸 음을 뗐다.

한국항공 창사 30주년 기념
가족 사랑 여행기 당선작 발표

지난 9월 1일부터 10월 30일까지 진행된 한국항공 창사 30주년 기념 가족 사랑 여행기에 응모해 주신 모든 분들께 진심으로 감사드립니다. 2,412편의 작품(글 1847편, 동영상 565편)이 응모되었으며 공정한 심사를 통해 그중 17편을 당선작으로 선정하였습니다.

당선작은 한국항공 기내지와 홈페이지에 실리게 되며, 참가자 전원에게는 응모시 기재된 주소로 한국항공에서 마련한 스페셜 굿즈가 발송될 예정입니다.

기타 문의사항은 contest@hkair.com으로 연락 바랍니다.

대상 – 박주관(충청남도 서천군) "좌충우돌 박씨 가족 여행기"

최우수상

청소년부 – 김제형 (부산광역시 영도구) "우리는 유랑가족"

일반부 – 서옥주 (경기도 부천시) "여든 살 어머니와 함께한 산티아고 순례길"

우수상

청소년부 – 강해윤 (전라남도 강진군) "Welcome to Korea"

　　　　　　조인하 (서울특별시 은평구) "괜찮아, 가족이야"

일반부 – 박정윤 (강원도 삼척시) "우유니 사막의 별빛처럼 빛나는 우리 가족"

　　　　　최응택 (대전광역시 유성구) "아버지의 꿈은 오로라를 보는 것"

장려상

청소년부 – 김태오 (서울특별시 동작구) "프라하가 푸하하"

　　　　　　박소율(충청북도 충주시) "건축가 아빠와 함께한 가우디 답사 여행"

　　　　　　윤지우 (광주광역시 광산구) "콜로세움에서 동생 찾기"

　　　　　　정시율 (경상북도 의성군) "안녕 이스탄불"

　　　　　　주아린 (강원도 춘천시) "할머니는 비행기가 싫다고 하셨어"

일반부 – 서찬희 (인천광역시 연수구) "다낭 한복판에서 대한민국을 외치다"

　　　　　이지선 (경기도 의왕시) "꿈꾸는 가족의 꿈이 이루어지는 여행"

　　　　　신이경 (전라남도 구례군) "휘게를 찾아 떠난 우리 가족"

　　　　　전동민 (서울특별시 종로구) "3대가 함께 비행기를 타고"

　　　　　편현주 (제주도 서귀포시) "매일이 가족 여행"